幕間 ネクタイ 憂鬱屋

板東浜矢

文芸社

幕間

一

さあ、ショーが終った。幕間だ。次のショーが始まるまでの約十分間を最大限にやっつけてやろうと思う。この気持は向こうの幕引きの裾にいる相方《あいかた》のシロだって、同じだろう。これまでいくらやってもあまり受けなかったために、今日は新しいものをやろうとしている。これが最後のつもりだった。これまでいくどとなく打ちのめされてきても、その都度立ち直ってきたが、そろそろ年も年だし——と言ってもまだ二十七歳であるが、出だしが遅かっただけに、妙に焦っている所があって——この新ネタが受けないようだと、舞台に上がることも考えなければならないな、と相方に話してある。その時のシロの顔には、何となく喜色が浮かんでいるような所が見受けられて不可解だったが意に介さず、とにかく練習に熱を入れていったものだった……。

それにしても舞台に出てゆこうとしているこの瞬間が、一番辛い。緊張するのだ。手足がかじかんで、思うように動かない気がするし、喋りだって、とちってしまいそうな恐れがある。またしても受けなかったらと思うあの辛さが、あの名状しがたいまでに遣る瀬《やせ》ない気持が滲み出てきて、己を刺すのだから。しくじりをするかも知れないというこの自信のなさは、舞台に出る前からすでに負けているようなもので、いたたまれないものがある。いやいっそのこと、負け犬のように尾っぽを巻いて、こそこそと逃げ出した方がよいと思ってしまうほどだった。その方が気が楽で、安心していられるから。しかしこんな弱気では話にならない。ここはやはり積極的に打って出て、自分の活路を開かねばならなかった。我身の存在を証すためにも、何が何でもやらねばならないのである。このまま世に拗《す》ねて、ごねて、くだを巻いてといった類の弱虫で終りたくないのだ。もう後戻りは出来やしない……。

俺は身がぶるぶる震えるあまり、深呼吸した。次いで人差し指で左掌に人文字を書き、一気に呑み込んだ。先輩に教えてもらったお呪《まじな》いでもって、何とか気分を落ち着かせようとして。ここは縋り付けるものがあったら、何でも頼りたいのである。だがこんなことでは必ず失敗するのではないか、とまた思ってしまう。いけない、これはマイナス思考だとわかっていて、そう思う悪い癖が付いていた。せめて一回位でも大々的に成功しているものがあれば、それを頼りに頑張れるのに、やることなすことが今一つ盛り上がらないため、とても強気に出られやしない。最初この業界に飛び込んだ時の、新境地を開き、新機軸を打ち立ててやるといった気負いも自信も、もうないのだ。そんな大それたことはほとほと夢でしかなくなっている……。今では、せめて一度でいいから、このストリップ劇場に駆けつけてくれた満座の客を心の底から笑わしてみたいのである。これまでだっていろいろ笑わせてきたものだったが、全体的にどことなくぶすくれていた。何だ、つまらぬといった類の顔がそこかしこにある。白けて、そっぽを向く者さえいる。中でも辛いのは、何の反応もなく、みなが水を打ったように静まり返っていることだった。これほど恐いものはない。おまえの芸は駄目だと、確実に烙印を押されているのだから……。

かつてこのストリップ劇場の総支配人の師匠から言われたことがある。ストリップを観に来たお客を笑わせられることが出来たら、どこへ行っても通用するよと……。この言葉が忘れられない。脳髄に染み込んでいて、しかし今ではこれが暗に我が身に重くのしかかってきている。まさか笑いをとるということが、こんなに難しいことだとは、夢にだに思わなかったのである。昔は、と言っても、高校を中退し、数年間ぶらぶらして上京してきた二十四歳の時までは、他人を笑わせることは全くもってして簡単だと思い込んでいた。御茶の子さいさいだと思っていた。時折の駄洒落《だじゃれ》で、地口《じぐち》で、皮肉と揶揄《やゆ》でもって、友人や仲間達に大いに受けていたものだったから。当時は話の合間合間にひょいひょいと軽口をたたき、当意即妙の洒落を飛ばし、話の筋の逆転やすっぽらかしやとぼけや道化で、みなの白い歯を零《こぼ》れさせていたものだった。悪口、中傷、非難、嘲弄《ちょうろう》、讒謗《ざんぼう》、憎悪、敵意、なんでもござれだった。無鉄砲で無知この上なく、恐いものなんてなかった。すべてを茶化し、皮肉り、戯れ、冗談めかし、あたかも空気よりも軽い羽毛を扱う手付きでふざけていた。

それが客を前にして、コントをやり出してみると、今一つや二つの受けに、また全くの反応なしに、冷水を浴びせられてしまったのである。笑いをとることの難しさを肌身で知ったのだ。もう三年前のことである。当時は相当落ち込んだものだった。自分の存在が、全部否定されてしまったような想いに囚われて……。だが、もう少し頑張ってみようと思い直した。これも今まで何一つとして、やり抜いたものがなかったからだ。甲斐性なしの自分では、どこへ行っても、また何をやっても同じ結果を生むだけであろうと思われてならなかったのである。自分の力を十二分に出して完全燃焼したという心地良い思いがなく、日々に不満で、悶々とし、不機嫌と不貞腐《ふてくさ》れを突出させたまま他人に、家人に、特に母に八つ当りをして、ストレスを解消していたのだから。そんな破落戸《ごろつき》の自分がいた。情けなく哀れな己がいて、勿論そんな自分が嫌いでならなかった。出来れば呪い殺したくなった時もある。自分が他人であれば、どんなに良いであろうと思っていたものだった。だが何ら自分を改める訳でもなく、日々にだらけて、ふざけ、いい気にぐれていた……。何をしたいのか、また何を出来るのかもわからずにいて、ただいたずらに自分自身を持て余していたのである。だからもうあの頃の陰気で暗鬱な様《さま》には、戻りたくないのだ。ここは何が何でも、石にかじり付いても、自分の初念を貫き通したい。なのに道ははるかに遠いのだ。歩けども歩けども、まだ光明さえ見えていない。山に登りたいのにその裾にいるばかりで、一向に上に行けない為体《ていたらく》さにある……。

ふと突くものがあって、向こうを見た。相方が怒っている。何を愚図愚図してやがるんだ、という怒潮掛った顔で睨んでいる。俺はすまんと一礼した。呼吸が全然合っていないのだ。まずは俺が最初に舞台に飛び出して、次に相棒が出る手筈になっているのに、肝心要《かなめ》のこの俺が、恐くて出られないでいるようでは、話にもならない。もう一度深呼吸し、幕引きから客の一部を見て、なーに、そこに雑魚《ざこ》がいる、芋が大勢いると思い込むや、勢いよく舞台に飛び出ていった。もう出た所《とこ》勝負である。シロもひょこひょこと滑稽な姿で反対側から出てきた。

「さ〜て、みなさん、次のショーが始まる時間まで、ちょいとコントをやらせてもらいます」

俺はぺこんと頭を下げてから、何気なさを装い、隈《くま》なく観客を見渡した。そこかしこに歯こぼれがあるものの、この入りならまあまあだ。遣る気が出てくる。いやすべてに全力投球を誓ったばかりなのだ。最初から全力疾走だった。どこまで行けるかわからないが、その位のことをしないと熟練者に、いわゆる笑いの壺を知る客に受けはしないであろう。

「この世の中には、いろいろなあべこべがありますよね。例えば男なのに、女になりたくてなったり、反対に女が男になったりと……。またなりたくないのに無理矢理そうさせられて、しかしすっかりその気になった人だっているにはいるはず……。そこでどうでしょ、お客さん、ちと実験をしてみませんか。ここにいる男を女に仕立てようと。えッ、誰!? 私!? いえいえ、私じゃなくて、この相方、この無骨《ぶこつ》な男を女にしてみたらと思いませんか?。ねッ、面白いでしょ!! この獅子のようにごつい顔に豊かな黒髪があって、労働者なみの手と短い脚だけを見てもわかるでしょ!!」

俺は仰々しく目をむく。

「そりゃ、俺のお袋のこっちゃ!!」

「なんだ、おまえ、お母さんとそっくりなんか!?」

「親子だもの、当り前じゃろが……」

「いや俺はてっきりゴリラが生んだと思ったよ」

くすくす笑いが場内に漏れている。しめしめだった。よーし、飛ばすぞォ!!

「それはないでしょ、いくらなんでも……」

「本当!?」

「当り前よ」

「あっしゃッ!!　それじゃ相当のぶすだ。おまえのお母さん……」

「まッ、何と失礼な。内のおかんに何を言うか!?」

怒ってみせるものの、不意に艶めかしく身をくねらせて、すり寄るシロ。

俺はひゃーと言いつつ笑い逃げ、相方が大袈裟に殴る仕草をしながら舞台を一周して、中央に戻った。

「しかしですよ、みなさん。人間そのものに、あべこべがあったらどうでしょ!?」

「そりゃどう言うこっちゃ!?」

相方が予定通り目を丸くして見てくる。

「例えばですよ、人間のこの口、食べたり、喋ったり、歌ったり、キスしたりするこの口がですよ、もし下のあそこにあり、あそこが空気に曝《さら》されているこの所、つまり剝き出しのままであったらと想像してみて下さいな」

俺はつんと澄まして、あたりを見廻した。そこかしこで含み笑いをしているぞ!!

「なんじゃい、そりゃ、そんなことはありえないよ」

「いやぁ、こりゃ便利だと思う反面、男にとっちゃ不便極りないものになるなと思いませんか、お客さん、ねッ、そうでしょ!!　本当に大変なことになるなと思いましたよ。なにしろ性器が目の前にぶら下がっているんですからね。これこそ世紀末であって、しかし生気満々であることは間違いない。まるでバイアグラを飲んだ時のように、もう年がら年中立ちっ放しでしょ!!……」

「本当!?　それこそ満腔の意をこめて、万歳万歳!!」

途端にシロが猿のようにぴょんぴょん跳ねて踊る。

場内から明らかな忍び笑いが漏れてきた。この笑いを連鎖させるまでだ。もっと飛ばそう、もっと大胆に、もっと大仰に、集中力を切らさずに最後までやり抜こう……。もともと放送禁止用語を多用することでしか、今は活路を見出せないのである。下《しも》ネタで笑いを得ようとする下品さや卑屈さは、勿論知っている。だがここはストリップ劇場なのである。ぎりぎりの線までやっつけてやろうと思っている。この気概は自《おの》ずと相方に以心伝心して、今日はいつものしくじりもなく、また間合《まあい》のずれも少なく、あってもうまくカバーして、あくまでも必然の流れの中にもっていけていた。しかも非常に受けもいい。いつもより引きが強いのだ。手応えがありすぎて、舞台下に引きずり降ろされそうな気がするほど、客の反応がすさまじい……。こんなことは今までなかったことだ。相方の目もいつになくキラキラ輝いていて、蝶のようにふわりふわりと舞い、落ちそうでいて決して落ちない、妙にはらはらどっきりの、どことなくおかしい様《さま》が全身に溢れている。

だが向こうから、そろそろ切り上げろと合図があった。惜しいが仕方がない。持ち時間をオーバーしてまでショーに傷を付けることは出来やしないのだ。承知したと目で合図し、ばたばたと終局へ突っ走っていって、落ち所も不確かなままに、ぴょこんと頭を下げて、舞台の袖へ下がった。拍手が鳴りやまなく、そこかしこに小魚が躍り光っているような若々しい笑いが弾けている様に、俺は思わず知らずにっこりした。師匠も初めて言ってくれたものである。おい、シンにシロ、面白かったよと……。今まで芸について何も話してくれず、ひたすら自己修行せよと無言の内に言っていた師匠に、自ずと頭が下がっていた。これでもって、今までの苦労が一遍に弾け飛んでしまったような気になり、ふとシロを見れば、相棒もシンちゃんと言うなり咽《むせ》んでしまい、何も言えず俯いてしまった……。

二

俺の郷里は、石川県の日本海に面した片田舎にあり、一応は地元の進学校と言われる高校へ進学してみたものの、一年足らずで退学してしまったものである。

学校のやることなすことに、何かおかしい、何かが違っている、これが学習か、などと違和感を覚えるようになってからというものの、段々と授業が面白くなくなっていって、さぼりだしたことは否《いな》めない。勿論頼り甲斐ある先公とていなくて、いやむしろ故意に避けたり、時に屈伏させようとする姿勢さえ見せてくる様《さま》に嫌気がさし、級友達だって判で押したように良い子で従順で真面目でと、俺と肌色が違っているため話をすることも次第になくなって、一人ぼっちになり、自ずと勉学に勤《いそ》しもうとする気持が湧かなくなっていくに従い、まっしぐらに不貞腐れ、だらけ、ひねていった。そうすることでしか、遣る気の方向性を見失った自分のむしゃくしゃした思い——ごちゃごちゃして、それと名辞出来ないまでに紛糾した憤怒や不満や嫉妬や怨《うら》み辛《つら》みなどを吐き出せなくなっていた。だから当時の俺は、真冬の日本海のようにむやみに荒れまくっていたものである。強がりと突っ張り、時に強請《ゆすり》と恫喝、万引と暴走、喧嘩に次ぐ喧嘩と飲酒に女狂いに痲薬《ヤク》と、悪たれたことは何でもした。しかし、こんな悪太郎の俺を、両親はもとより他の大人達も、見て見ぬ振りをしていた。何も言ってこないのである。乱悪なことをしているのに、何一つ文句を言ってこない……。そんな自分を決して納得している訳ではなく、むしろ心の中では切に頭ごなしにガツンとやられたいと思っているのに、大人達は触《さわ》らぬ神に祟《たた》りなしであって、俺の言動を一向に咎め立てしなかった……。今だから言える。あの頃欲っしていたのは、真に赤裸々な心を見せつけてくれることだったと。男が全身でもってぶつかれば、全身のエネルギーを使ってぶち返してくれるような、そんな鋼《はがね》のようなぶつかり合いを……。エネルギーを持て余していて、結局それを歪んだ形でしか出せない様を打擲《ちょうちゃく》し、譴責《けんせき》してくれる誠実で豁達《かったつ》な、しかし馬鹿としか言われない純な大人を冀《こいねが》っていた。なのにそんな人は一向に見当らず、陰で裏でこそこそと対応するこずるさを出すのだ。それが許せなかった。自分が正式に相手にされていないような寂しさがあったから……。そのくせこれも身勝手であることは知れていた。いろいろ考えていけばいくほど、己を鍛錬していなくて粗雑なあまり、矛盾が吹き出てきて乱れ迷い、いつしか意味内容の逆転としっぺ返しにあって意識が濁り、結果的にしっちゃかめっちゃかになるだけに……それが嫌で、何が何でも怒りと憎しみでもって自分自身を纏め上げたまま、ますます図に乗って悪いことをなしていき、とうとう少年院に入る事態にいたった。それでもなお両親は沈黙していた。この時の失望は大きかった。もうこんな両親に誰が頼るものかと心に誓ったものである。十八の時だった。それからようやく少年院を出て、家でしばらくぶらぶらしていたが、父親とは一言も話さなかった。母親とは必要に応じて数言喋るだけであり、飯も部屋まで持ってこさせたものだった。当時していたことといえば、部屋に閉じ籠ってひねもす空《うつ》けていて、時にうたたねをしていた……。しかしこれが段々と無聊《ぶりょう》でいたし方なくなる。それでもぼけっとしていたが、とうとう身が空中分解しかねないほど退屈で堪らなくなり、渇した者が水を呑まずにはいられないように、自ずと本に手が出て、古典や名著と呼ばれているものを手当り次第読み出していった。その頃は昼と夜が逆転していて、夜中に読み出していって、ふと気付くと白々明けであったり、また正午にいたっていたこともある。当然女遊びもしなくなっていた。酒も飲まなくなった。痲薬《ヤク》もやめた。昔の不良どもとも付き合いを断《た》った。彼らと会ってがちゃがちゃ騒いでいる時はいいが、後で必ずと言ってよい位に空しくなるのだから……。勿論オートバイや車に乗って、暴走を繰り返すこともやめていた。昔の悪童は、これを「金玉が抜かれた」と称したが、俺はせせら笑うだけだった。言いたけりゃ何とでも言えと思っていたのである。ただ、あまりにうるさく付き纏い、ふたたび昔の悪ふざけや悪業をしようと誘うので、それを断ると喰ってかかってくる様《さま》に、いきなりぶん殴って友達を半殺しにしてしまったほどだった。これ以上の宦官呼《かんがん》ばわりはよしてもらいたいために……。それ以来だ。不良どもがあまり近付いてこなくなったのは……。これを内心喜び、一方で無性に寂しくなったことも否めないが、いよいよ一人身になると、このままでは己の人生を台無しにしてしまうというような空《そら》恐しさに打ち震え出したのである。そのくせそれも肌身に切迫した訳ではなく、ただ何となくそんな風に思いながら、依然として不貞腐れと不機嫌の風体をしていった。人間のあるべき姿から、ずれて離れている分だけ、倨傲《きょごう》と片意地の形に嵌っている方が楽だったから。しかしやっていることが生半可で、恰好を付けているだけの所があったため、心身の隙間に吹く風を防ぎようもなく、なんとなく疲れて、むやみに空《うつ》け出す時もあった。それでも無休を誇る商人のように無理矢理自分を押し通していった。そうすることでしか己を保てなかったのだが、これがやはり次第次第に苦々しく、佗しくてかなわなくなり、とうとう空《むな》しさにびしょ濡れになったように無気力と惰弱にうじゃけ出していた。情熱が消え失せて、淡い憧れや夢がまだちょろちょろと残っているだけのような身になって、ぼんやりするばかりだったのだ。……そしてようやく、それこそようやく、熱を持った物体が冷めたようになって初めて、心身の微妙なバランスがとれだし、幾重にもぼやけていた現実の輪郭がぶれることなくはっきりと見えるようになった。と同時に、くよくよして陰《いん》にこもりがちの自分を何とかしたくなったのである。己の存在を何かに賭けたくなったのだ。それでいて何をしたらよいか、さっぱりわからなかった。何も見えてこないのだ。漠としたまま何もわからずにいて、妙に焦り、苛立ち、私的に暗く燻《くすぶ》り続けたまま漫然と過ごすばかりだった。

こんな自己軸がぶれて、安定せず、愚図愚図している俺を相手にしてくれたのは、母だけであった。何かと心配し、何くれと世話してくれ、愛情の押し売りじゃないかと思われるほどに、執拗に温かい接し方をしてくれたのである。今思えば、この俺を丸ごと受け止めてくれた慈愛溢れる優しい抱擁とわかるのだが、当時はただ煩わしいばかりであって、何かとお金をくれたりしてくれることも至極当然のように受け取り、またなくなると母親にせびるという日々を送っていった。

しかしこの生活振りが、男として寂しくなり、かつてのよすがを頼って工事現場で働いたり、喫茶店やラーメン屋でアルバイトをしたり、塗装工、板金工、自動車修理工などの見習いをして金を得ていくようにした。これも身に合ったものがあれば、そのまま従事してもかまわない気でしていったのだが、しかし何かしら心底からの充実感が得られなく、どれ一つとして長続きしなかった。何か今一つもの足らないのだ。朝早くから晩遅くまで骨身を惜しまずに働いて、身をくたくたにして心地良い疲労感に打たれているにもかかわらず、自分の求めているものと何かが違うように思えてならなかった……。もしかして職業の貴賤を無意識の内に設けていて、拒否しているのではないかと思えたが、そればかりでなく、どうしても己の存在を丸ごと埋め尽してやまない性質のものと出会いたかったのである。それがなく、ただ何となく己に意義が見出《みい》だせないままに、また自分に自信が持てなく、いつまでも馴れない、いがらっぽいもやもやしたものを抱いたまま、ずるずると仕事を続けていった。親方や仲間は、その内馴れて、それを天職と思うようになると言ってくれ、その場は感謝して頭を下げるものの、心の中では納得しかねていた。何か必ず自分に向くものがある、あるはずだと、そんな迷妄と見まごう思いがあったのだ。……にもかかわらず、依然としてそれが見つからずにいた。なかなか見えてこず、へたりこむような徒労感を拭えないまま日々を鬱々と過ごしていくばかりだった。周りを見れば、みんな立派な社会人になっているし、まだ大学生のままの男もいたが、みんなは俺と違って、自分の人生に目的意識を持って過ごしている様《さま》が、何とも羨しくてならなかったものである。

そんな折のことだった。隣の市へぶらりと遊びに行き、映画館で洋画を観たのである。コメディだった。笑えた。死に狂いするほど面白かったのである。まわりも爆笑だった。腹の底から笑っている。その邪意のない様《さま》に、あっけらかんとした嬉々とした様《さま》に、すべてを忘れて笑い崩れるその屈託なさに、己の芯が引きつけられ、かつてよく友達を笑わしていた楽しい経験が忽然と蘇って来た。すでに二十四歳にもなっていて、未《いま》だ何もしていない焦りや不安にまぶされていただけに、自分の求めていたものはこれだと思ったのだ。今更昔憧れていた夢――学者や研究家や音楽家にはなれないであろうこともあって、段々と狭められつつある夢と希望の中で、これならまだやれると本能的に思い込み、とにかく縋ってみようとした。仕事をすぐ辞めて、母親に何がしかの金をもらい、上京してストリップ劇場の門を叩いてみたのである。

だが劇場主にけんもほろろに断られる。コメディアンはそんなに甘くないと言うのだ。出来るならまともな商売について、地道にやった方がよいと諭される始末であった。しかし俺は諦めなかった。ここで引き下がったら、元も子もない。スッポンみたいに必死に喰い下がった。これも切羽詰った思いが、いつになく自分を我慢強くさせていた……。もし十七、八歳の頃だったら、ああ、そうかと言わんばかりに不貞腐れ、忿怒と憎悪を剝き出しにして、喰ってかかっていたであろう。もしくは捨て台詞《ぜりふ》を吐いて、背を向けていたであろう……。それが出来なかった。それをすればその場は恰好良いが、必ずと言ってよい位に後悔し、慚愧たる想いに染まっているであろうから……。

もう一度丁寧に頭を下げる。どうしても使って欲しいと土下座した。

ややあった。

師匠がふと漏らした。明日また来いと……。その時、おまえの気持が変わっていないなら考えてやってもいいと言ってくれた。ふと面《おもて》を上げて、しげしげと師を仰ぐ。こんな嬉しいことはなかった。暗黙の許可と捉え、自ずと頭が深く垂れていた……。

こうして入門が許され、丁稚奉公なみの修業が始まったのである。

仲間数人とともに舞台裏の六畳間に寝起きし、朝九時前の掃除に始まり、雑用が主ながらも時に照明係、床拭き、踊り子の脱いだ衣裳拾いに、その衣紋《えもん》掛け、それも丁重にやらないとすぐ叱責が否応なしに飛んでくるので、真面目にやっていく。また誰彼ともない踊り子達の御数《おかず》買いに店に走り、他に日用品の買出しを仰《おお》せつかったり、時にそのお伴をするといったようなことをしていった。勿論ストリップ嬢の下着の洗濯までこなし、と言っても電気洗濯機でやるため干すばかりだったが、艶めかしいパンティやらブラジャーをハンガーで吊る時など、思わずごくりと生唾を呑みこむほどであって、これらを舞台が終る夜の九時までこなし、それから最終的な掃除をして、やっと一日が終った。舞台に休みはなく、また門限も夜十一時半までなので、外出もままならなかったが、いやこれ幸いとばかりに、仕事から解放された時間や、週一回の交代制の休みの日に、俺はせっせとネタ作りに励んでいった。劇場廻りの商店主と客の会話や、主婦達の何気ない遣り取りに聞き耳を立てて、自分でいけると思ったものを書きとめておいたり、記憶の中の小抽出《こひきだ》しにしまっておいて、それを土台にした。また先輩達が夜の巷へ消えていってしまっても付いてゆかず、雑誌や新聞にヒントを探し、テレビに面白いものを嗅ぎ取ろうとしていった。日々が修業なのである。師匠もそう言っていたし、自分もそう思ってやまなかった。

そうこうする内に一年経ったある日、弟分が出来たのである。山形県出身のヌーボーとした不細工な男が入ってきた。シロだった。自分だって人に見せびらかすほどの男前でもなく、そこそこには見られるごく普通の日本人顔の中肉中背の男だが、シロはそれにしても、ずんぐりむっくりしている、いかにも野暮ったい、俺より三つ年下の男だった。これを相方にしようと思い、その日の内に打ち明けてみたのである。

こうして入ってくる者もいるが、また黙って去っていく者もいた。俺が入ってからも二人の先輩が辞めていったものだ。これに対して、師匠は何も言わなかった。ただこの世界で秀でることの難しさを骨身に沁みてわかっているだけに、俺達にはどこへ行ってもきちんとやってゆけるように、礼儀作法をきっちりとたたきこんでくれた……。

三

仕事も馴れると、要領良くやれて、ちょっとした自分だけの時間を設けることが出来るようになるものだ。そうした折は、相方を誘い、舞台袖に陣取って、幕間に出ている先輩達の間合いの取り方や節《ふし》廻し、それに阿吽《あうん》の呼吸とも言うべき微妙なニュアンスを感得しようとしていく。自分達がやると、どうしても呼吸が合わず、ふとした間《ま》が出来てしまうのだ。それは目差した無縫性と必然性の絡み合った最上のものからは程遠く、あちこちが穴だらけであって、恥ずかしい限りだった。この欠点を克服するために、自己修業のみならず、上手だと思われる先達《せんだつ》の一挙手一投足を見逃すまいとしていたのである。勿論隙《ひま》があれば外の演芸場へ出掛けて、他にまして独特のセンスあるものを、真似しようにも真似の出来そうにない妙手を、ぴたりと息の合ったスタイルを、形姿《なりかたち》のかもすユーモア振りを、何となく匂うような芳しい息遣いを、五感全部を遣って吸い取ってやろうとした。更にＶＴＲで昔の名人と称された芸人達の芸も見ていった……。これも自分達独自のものを作りだすための糧と考えていたのである。だが相方は、これが面白くないのか、仏頂面をして背を向けることが多くなった。そこそこに出ている先輩達より自分達の方がずっと面白いと平気で言うのだ。しかしどこから見たって、どう贔屓《ひいき》見しようとも、俺にはそう思われなく、よく言い争いになり、なんどとなく大立ち廻りになりそうになったものだった。俺は口を酸っぱくして言った。下手なら下手なりに、どこそこが悪いか後で検討し、それを参考にして考えようと……。なのに相方はてんで取り合ってくれなくなり、仕事が終ると反抗するように不貞寝を決めこんだり、ふらりと一人で夜の巷へ出掛けていくことが多くなっていた……。

そんなある日、俺はシロを酒に誘った。舞台裏のみなが寝起きしている所では、相方も自分の言いたいことも思うように言えまいと思ったからだ。最終ステージが終って掃除をそこそこに切り上げ、先輩達にこれからちょっと酒でもと言うと、怪訝そうな顔をしてじろじろ見てくる。俺は今まで夜遊びをしていなかったから……。したいのは山々であった。だがしなかった。薄給もある。身がくたくたに疲れていたこともある。ただ自分の芸を磨く欲望の方が強かった。こんな修行僧のような俺を見て、ある先輩が好意的な笑顔を見せつつ言ったものだ。

「おい、女と遊ぶのも芸の内だぞ……」

この人は芸達者だったが、唯一の欠点とも言うべき、女にだらしないために、いまだコメディアンとして大々的に打って出られない所があった。テレビに出ているへなちょこどもなら、たった一吹きで打ち負かすほどの凄いものを持っているのだが、そんなに出世欲もなく、この劇場で薄給のままでいる。もう三十歳を過ぎていて、いつもピーピーしていた。すべてを女に使ってしまうのだ。師匠も言っていたものだ。あれで女に手を出さず、芸一筋にやったら、己に磨きがかかって誰も太刀打ち出来ないほどの立派な芸人になれるのにと……。

そんな先輩がこうも言ったものだ。

「おまえらみたいに、努力家も結構だろよ、せっせと努力精進してりゃ、その内ある程度のものは出来るだろうからな。でもよ、それだけじゃつまんねェのよ。他に秀いで追随を許さない特異なものがなくちゃ、この世界では通用しないのさ。言わば自分らのやっている芸に真のゆとりと言うか、何とも芳しい匂いや、刮目《かつもく》して芯にどすんとくるものがなけりゃ、やはり二番煎じで終るしかないからな」

俺は聞いた。じゃどうすればいいのかと、先輩はぶっきらぼうに答えたものだ。

「なあ、他人の嘲笑や侮蔑を徹底的に受けたことがあるかい!? 血が踊って一気に吹き出しかねないような、そんな怒りを感じたことがあるかと聞いているんだよ⁉　……ないだろ‼　俺に言わせりゃそこまで行って、悲しさや悔しさで悶々とするのよ。憎々しさや苦々しさで満身創痍となってのたうち廻るのよ。もう駄目だと思う位にさ……。そこからだよ、なんとかかんとか這い上がって自分の芸に自ずと滲み出てくるものがあるのは……。手の先でちょこちょこと胡魔化して悦に入らずに、何事も丁寧にやり、神経の行き届いたお笑いが出来るようになれるのは……。言わば悲しみにくれている人間を瞬時に回復させる力を持つ笑いの凄さを知りえて、いよいよユーモアや滑稽の深みと潤いと強さを悟り、笑いの真髄の蝶々のような軽さを敬《うやま》えるようになれるのさ。そこまで行っていなくて、身心がいまだたぷたぷしていて、どっちつかずの有耶無耶《うやむや》模様の兄ちゃん達に、言っちゃ悪いが本当の芸事がわかってたまるかと言いたいね。ど素人に毛の生えたようなおまえらの安っぽいお笑いでも、ある程度は大向こうに受けることが出来るだろうけれどさ。でもよ、それじゃてんで話にならんのさ。今のままじゃ先が見えているものな。そんな奴らを相手にしたくねェのさ……。俺が思っているのは、天下一品のものを持つ芸人さ。極上中の極上品を体得した奴しか相手にしたくないのさ……」

後日、相方が言ったものだ。あの人、マニアックだけじゃないのと……。それに対し俺は答えた。そうかも知れん、でも悔しいよな、言われっ放しだものな、こん畜生と思ったよ、そのくせなるほどと思う所もあるにはある……。

この先輩にコントを聞いてもらったことがある。じっとうずくまっていて、終った後、言われた。〝間があいていて、すかすかだよ。それを何と言うかわかるか!?　間抜けと云うんだ!!〟次に聞いてもらった時もにべもなく言われる。〝おまえらの話はすぐ予測がついてしまって、てんで面白くない〟次々に酷評だ。〝緊張感がない〟〝だらだらやっているだけ〟〝欠伸《あくび》が出る〟〝全然こなれていない、生硬《せいこう》だ〟

だが俺達はめげずに、なんとかして起承転結があって滑稽で面白い話を作っていこうと努力する。暇が出来たと思うと相方に目で合図し、便所の裏へ行き、そこでこっそり練習した。……なのにいくらやっても芸は上達しなかった。もうここいらへんで大丈夫だろと高《たか》を括って行くと、先輩にけんもほろろにけなされ、事実舞台に上がっても客に一顧だにされなかった。満座の白けたムードが直《じか》に伝わってくる時ほど、忸怩《じくじ》たるものはない。コントをさっさとやめて、場を逃げだしたいと何度思ったことだろう。客を笑わせようとして滑稽を演じているのに、それが伝達しないで白い目を吸収してやまないのだから……。しかしこんな赤っ恥をしょっちゅうかきながらもやめなかった。やめられなかったのである。汗に涙を隠して努力していった結果、徐々に上手《うま》くなっていき、場をそこそこには笑わせるようになったのだ。だが何か突き抜けるものがない。センスもあろうが、話はそれなりに纏りがあるものの、何となくこぢんまりしていて、全体的に見ると屁のような笑いしかもらえないものが多く、もどかしい限りだった。やはり相方との節《ふし》廻しや、間《ま》の取り方や、話の進め方にしなやかさがなく、今一つピリッとしないのである。これはいくら練習しても一向に上手くならない所があり、相方もこれでもってへとへとに疲れてしまい、もういいと言う始末になっていた。駄目だ、見切りをつけたと言うのである。だが俺は諦めなかった。もう一度だけもう一度だけとシロを引っ張っていって、なんとかかんとかここまで来たが、俺がいくら誘っても鼻であしらうようになり、かつてのように目をキラキラさせながら先輩達の芸を見ることもせず、まして俺の話も聞かなくなっていた。……これではもしかしたら相棒解消とも思え、それだけにここは正念場だと思い、友を酒に誘って思い切り肚の内を見せ合うことにしたのである。

「なあ、本当にやめたいのか？」

「ああ～……」

「やめてどうするんだい？」

「田舎へ帰るよ。それしかないものな」

「そんな腰掛けのつもりで、コメディアンを目差したのか、おまえはッ!!」

俺は段々と腹が立ってきた。

「そんなつもりじゃないけれどさ……」

シロは弱々しく言い、何やら申し訳なさそうに俯いた。

「もしここでやめてしまったら、後はどうなると思う？」

「うん……」

「俺はおまえの話を聞いているからわかっているけれどさ、要は中途半端で終ってしまうんだぜ。どうせあいつのことだ、最初からこうなるのが落ちだったなどと腐《くさ》されるのさ。あの馬鹿が、阿呆が、愚図がと言うように、人々の陰に陽にの毒々しい貶《おとし》めにじっと我慢したり、寡黙をおし通していくしかないんだぜ。もっともそんなに悪い人ばかりじゃないけれどさ、それでも人間なんて似たり寄ったりさ……」

「何故!?」

「いくら優しい人でも、こいつは反抗しないと見てとると、自分が急に優位に立ったように錯覚して、嵩《かさ》にかかったように喰ってかかってくる時があるからさ」

「うん、わかっているよ。実はそこいらへんがちょっと心配なんだ。このまま田舎へ帰ったとすればね。……でももうしょうがないと思っているんだよ」

「そんなことを言うなよ。まだまだこれからだと思っている時なのにさ……」

「うん……」

友は浮かぬ顔だ。

「なあ、シロ、本当は何が気に喰わないんだい？　この際だから言ってくれよ」

「別に何もないよ……」

「そうかな⁉」

相方は何も言わない。

「じゃもっとやろうよ。やってくれよ、俺と一緒に……」

「……」

「このままやめてしまえば元に戻るだけだろ。なあ、そう思わないかい？」

「うん……」

「このままじゃ俺らは、世間に馴染めないため、いつも不貞腐れて、不機嫌で、事あるごとにぶつぶつ言うだけの不平家《ふへいか》にすぎないだろが……。それも自分らに文句をつける者がいりゃ、喰ってかかって半殺しにしてやる位のことしか、エネルギーの発散のしようのない厄介なならず者にすぎないだろが……。そんなさ、そんな低い評価でこのまま終っていいのかよ!!」

「わかっているよ」

「だったら最後までやろうよ。やってみようよ。他人を見返してやろうぜ。このまま悔いを残したくないからさ……」

「うん、そうだけれどねェ……」

シロは依然として俯いたままだ。

「これまでだって、最後までやり抜いたことがないと言ってたじゃないかよ。それをやろうよ。今はくたくたに疲れているかも知れないが、もう少し辛棒すりゃ、その内光明が見い出せてくるものさ、そう思っているよ。今が一番きつい時なんだと……。こんなことを言ったら、おまえ何様なんだと言われそうだが、神様がそう仕組んでいるんだよ、きっと、こいつらどこまで耐えられるのかなと……」

「うん……」

「相変わらず気のない返事をするねェ。まッ、それはいいとして、とにかくもう少し頑張ってみようよ。俺達にはこれしかないんだというような崖っぷちに立った思いで、賭けをしようよ。それでもって駄目なら駄目でいい。良けりゃ、こんないいことはないしさ……」

「わかっているよ」

「だったらもう半年の間だけ、いや三ヶ月だけでいい、黙って俺と一緒にやってくれよ。この行き詰りを打破するためにも……」

俺が丁寧に頭を下げると、相方が否々ながらも頷いてくれたのである。

「よ〜し!! 決まった。俺達はビッグになろう。きっとだよ。きっと……」

「うん……」

「じゃまずは乾杯といこう!!」

ようやくシロはにっこりしたが、どことなく困惑げであった……。

この新たな決意から一ヶ月ほど経って舞台に上がった時、これが最後のつもりでやろうと腹を括ってやった新ネタのコントが、満座の客に受けたのである。師匠にもやっと褒められて、俺達もやれば出来るじゃないかよ、とばかりに目で確認し合い、ちょっと涙ぐんだものだったが、しかしこれがまさに糠《ぬか》喜びに終るとは、夢にだに思わなかった……。

四

それはシロが、ある若いストリップ嬢を好きになってしまった結果、どうしても彼女と一緒になって、郷里で平凡に暮らしたいと言い出したのだから……。あの客の万雷の拍手をもらい受けてから一ヶ月も経っていなかった。

相方の家は郷里が大々的に酒造りをしているそうだ。俺みたいな貧乏サラリーマンの家と違い、食ってゆくのに困ることもなく、二人でのんびりと過ごして、郷里に骨を埋めるつもりだと言い切ったものである。羨しい限りだった。好きな女のために働いて家を守っていくなんて、今の俺には夢の中の夢でしかない。もとよりどうなるものやらわからぬ自分の行末もあって、俺には女に手を出すほどの余裕がない。出来ればあの先輩のように豪放豁達にやってゆきたいのは山々である。だが自分の生き方とは違う。ゆくゆくは女遊びをして、身に色艶や何とも言えぬ魅力を備えたいと思うものの、そこまでは行っていないのだ。まずは誰が何と言おうと修業につぐ修業をしていくばかりである。

あのヌーボーとした相方が言った。

「シンちゃん、これからもしっかりやってくれよ。俺は本来コメディアンには向いていなかったけれど、シンちゃんならば大丈夫だと思う」

シロが明日郷里に帰るという夜に、俺は相方と、酒盛りをした。

「ああ～……」

俺は何ともこそばゆかった。いくら呼吸を合わせようとしてもすぐにどじる相棒のセンスのなさに、その間合の取り方の下手糞《へたくそ》さに辟易して、心の奥底ではこのどじ野郎、阿呆、馬鹿などとさんざんにけなしていたので――これは口に出せば必ず喧嘩になるものであって、いやあまりに下手なので、何度となく突っかかっていってぶん殴ってやりたくなったこともあるだけに、相方の評価を素直に受け入れ難かったから。

「本当に御免よ。いよいよこれからだという時に、俺のせいでまた一から出直さなければならないシンちゃんのことを思うと……」

シロはもう涙声である。

「おいおい、泣くなよ、みっともないからさ。それにシロ」

「⁉……」

「あの娘を大事にな。なにせ、可愛いもんなァ、俺が欲しかった位だよ」

「へへへ……」

「しかしまさか、二人が一緒になるとは思わなかったよ」

友の相好《そうごう》は崩れっ放しだ。

「俺はシロとあの娘の間がちとあやしいと思ったよ。でもさ、まさか手を出すとは思っていなかったよ。正直言って……」

友が頷いている。それは禁止されているものに手を出した男の複雑な顔付きだった。先輩にはよく言われていたものだ。店の商品、即ち踊り娘《こ》には絶対手を付けるなよと……。それをすればやめるしかない云々。支配人は何一つ愚痴も零《こぼ》さず黙っているが、その無念さは計り知れないものがあるだろう。この娘はいつになく上玉だと思い、手塩にかけて育てている最中に、鳶に油揚げをさらわれるように従業員に持っていかれてしまったのだから。

「で、いつから好きになったんだい、あの娘を……」

「ここへ来た時に見初《みそ》めたんだよ」

「だからか、ちょっとでも暇があるとあの娘の側へ行き、何くれとなく世話をしていたものなァ。見ていていらいらするほど優しくてさ」

「へへへ……」

「あの娘のことを話すと、ホント、おまえは締りのない顔をするねェ……」

「エッヘッヘへへ……」

「ああ～、これだもんなァ、やってられないよ。……しかしおまえみたいなずんぐりむっくりした男に、なんであんな可愛い娘がくっつくんだろうな。わからないもんだよ、世の中って……」

シロは、にたっとしたが、何も言わない。

「何であの娘がおまえに惚れたか、俺に教えてくれよ」

「それはさ、アレだよ、アレ!! シンちゃん」

その顔を見て、俺は鼻先で一つ笑った。

「うん、アレだけは俺、自信があるんだ。運動も勉強も喋りもと、あらゆるものは今一つだけれど、アレだけは、誰にも負けない自信があるんだ」

「そう言えば、風呂に行くと、おまえのはタイル地についてしまうほどだもんなァ。……でもよ、先輩だって、あの娘に気がある素振りをしていたじゃないかよ、なのに何故あの娘がシロをとったのかわからないね」

「それで俺は、いつもびくびくしていたんだよ。いつ裏切られるんじゃないかと思ってさ」

「裏切られた方がよかったんじゃないの？　俺はそう思うなァ。だってあんな美人だもんよ、男をすぐ作りそうだぜ」

「だから、まずは自分のものにしようと強引に自分の判子を押したんだよ」

「ふん!!　ある踊り子が言ってたぜ。なにしろあの娘をものにしたくって、おまえは家柄をもちだしたり、財産をほのめかしたり、あの娘のために何でもするなど、いろいろ喋って、挙句に結婚してくれと土下座までしたって……」

「そうした覚えはないなァ。でもそんなことはどうでもいいことじゃないの?」

「そこいらへんになると、とぼけやがるぜ。本当のことを言ってくれよ、この際だからさ」

「うん、そういう所もあったけれどさ……、でも俺は何を言われてもいいんだ。あの娘のためなら、俺は死ねるもの……。ねェ、シンちゃん、こんな気持になったことある?」

「チェッ!! よくもぬけぬけとそんなことが言えるもんだよ。道理で、おまえが修業に身が入らなくなったのもわかるというものだぜ」

「御免、俺はこんなに女の人を好きになったことがないだけに、他のことはもうどうでもよくなっちゃったんだなァ。この女性を逃すと俺は一生涯独身かも知れないといったような、何か知らないが、そんな切迫したものがあって、妙に焦っていたからねェ」

「そうかい。聞いてて呆れるよ。でもよ、シロ、後でゆっくりと後悔するがいいぜ、これは人生の先輩の誰もが言っていることだからな……。しかしさ、今更ながらにおまえのその意欲や情熱がコントに向いていたらと思うと、惜しい気がしないでもないよな」

「その点は本当に悪いと思っているよ。それより俺は、あの娘といつ逃げだすかを考えていたんだよ、ずっと……」

「それでなるほどと合点するものがあるよ。こやつ、なんでぼけっとしていたり、手抜きしやがるのだろうと、腹立たしかったからな。練習するたびに下手になっていくんだものよ」

「だから、この通り御免!!」

シロはカウンターに両手を突き、頭を深々と下げた。

「おいおい、やめてくれよ。もうしょうがないもんな。それよりもっとほがらかな話をしようぜ。今夜はおまえの門出を祝うはずだったろが……」

相方は頷いた。

そうこうしている内に宴も酣《たけなわ》になり、酒に酔った相棒が本音を言いだしたのである。俺のことをこん畜生と思い、何度となくぶん殴ってやりたくなったと……。理由はあまりにも相方を虚仮《こけ》にした言動をとっていたから……。これに対して俺も本気になって言ったものだ。これは真剣勝負だと言わんばかりに……。

「だってよ、シロ。それはしょうがないだろ。おまえが決めた筋もケロリと忘れてぼけっとして突っ立っているんだもんよ。怒られるのは当り前だろが。その時は間《ま》を蹴散らすアドリブが欲しいのよ。あっと驚くような思いがけない切り返しで胡魔化すのよ。あくまでも話を必然たらしめる当意即妙の繕いで、話の筋の不備を見せないようにするもんだろが。そんな瞬発力もなく茫然としていたら、間《ま》があくばかりじゃねェかよ。そんなのをお客さんが見たら、一溜りもねェぜ。あいつらはへまをしていると、お客は白けるばかりだ」

「だからその時は、ぎゃあびいぎゃあびい言わずに、優しくなだめるように言えばいいんだよ」

「馬鹿言え、こちとらはいつも真剣なんだ。必死なんだぞ。子供をあやすように優しく言えるはずもねェよ。舞台に上がった以上、全神経を体に隈なく張れと言いてェんだ!!」

「ほら、そうやってすぐほざく……」

「チェッ!! だからおめェとはどうも合わねェのよ。大体な、芸をやっているのに、仲良しムードで何が出来ると言うんだよ。舞台に上がる前の練習の時ですら、細心かつ大胆に、また熱心にやってもらいてェのさ。そんなこともわきまえずに、練習だからといって手抜きをすりゃ、いいもんが出来ねェもんさ。土台コメディアンの同志はなッ、仲が悪いほどいいんだ。またそれが相場だが、そうした日常生活でさえ角突き合った油断のならない状態が保ててるからこそ、突拍子もない、驚愕のユーモアが生まれると思っているのさ、俺は……。火花の散るような緊迫した瞬間のない湿り切った奴らに、仲が良いだけが取柄の奴らに、こりゃうまいと膝を打たせるようなものは、生まれる訳がねェわな。お互いが精進しないで、まあまあの線で手を打っていたら、もうアウトさ。それが言いたいね。おまえはそんなこともわかってくれなかったのかよ!!」

「でもよ、シンちゃん、人をけなすにももっと違った言い方があるんじゃないの？　シンちゃんの場合、ただ突っかかって罵倒するだけだもんな。何一つとして教えてくれない……」

「教えてくれないい!?」

シロを見れば、その目の和《なご》やかさに、鋭さと反抗の意のない諦め切ったようなその静かさに、目を伏せた。

「わかったよ。シロ、今までおまえを理解してやれなかったことを悔いているよ」

俺は深々と友に叩頭《こうとう》した。

翌日、シロは、スマートだっただけに以前にも増して御中《おなか》の大きく見えるようになった、まだ二十にもならない彼女を連れて、故郷に帰っていったのである。

それから数ヶ月過ぎ、また一人の鈍臭《どんくさ》い男が入って来た。一見してこりゃ駄目だと思ったが、仕方なく相方にしようと、何気なしに練習してみれば、意外なまでに間合の取り方がうまく、切り返しも自ずと体得しているものがある。しかしその内、馬脚を露《あら》わすであろうと思って、どんどんレベルアップしていくが、付いてくるのだ。こちらが驚くほどアドリブのセンスの良さが光り、なんでこんなことをと思うほど突拍子もないことを言うが、それがまた妙におかしいのである。また姿恰好が妙にユーモラスであって、客の心を自在に操る天性のものがある……。こいつはいいと思うのに、二日とかからなかった。俺はこの相方と寝る間も惜しんで練習に励み、とうとうある日、親方に前のカップルの時以上に息がぴったりと合っていると言われた。後はもっと品のあるものを出し、外連味《けれんみ》のない芸を磨き、心底から客を唸らせるものを出せるように頑張れとも言われる。俺達は身を二つにして感謝した……。自信が付くと素直になれるものだ。もっとよくなりたい、もっとうまくなりたいという心が、自ずと心身を柔軟に、謙虚にしてくれる……。もっとも調子に乗り過ぎて、横柄と尊大になるのもすぐそこであるが……。

だがこれからである。これからがもっと難しいのだ。まずはやっと第一歩を踏み出したばかりである。後は世間という名の大海を小舟で乗り切るだけの覚悟をし、いざ大海原《おおうなばら》へと勇んで出てゆこうとするだけだった。相方に言ったものだ。

「これから飛び立つぞ、油断するな!!」

「はい!!」

「よ〜し、これからが勝負だ。そして世の中へホップ、ステップ、ジャンプだ!!」

「そうなったらいいですね、先輩」

「その位のことを思わないと、やってゆけねェよ。またそうして夢をいつも描いているものさ……」

「はい!!」

「夢を持っている内は努力するし、またうまくなっていくさ。そうやっていつか現実が夢を凌駕するまでになりたいよ」

「先輩、それはちと……」

相方が下卑た笑いをし、奥目がちに見てくる。

「馬鹿野郎!!　夢はでかいほどいいんだ!!　今から自分で自分の限界を設けて、どうするんだよ。どこまで行くかわからないが、俺達は出来る所まで突っ走るだけだろが!!」

「はい!!」

ネクタイ

一

気怠かった。体が妙にかったるくて仕方がなかった。これから起きて、会社に出掛けなければならないのだ。一生懸命に働いて、生活の糧《かて》を得なければならないのである。これが何とも辛い……。自ずと心身はずれて、ぶれて、だぶつくようになってしまっていた。

こんな腑甲斐無さではどうしようもないこと位はわかっている。わかっているからこそ、己を何とか凛とさせたくて気を引き締めにかかるのだが、たがが緩んでしまったように一向にしゃきっとしない……。気は、締りのない蛇口からちょろちょろ出る水のように、四肢からしどけなく抜け出していくし、身はいよいよずっこけて、へたりこみ、だらしなくなっていくばかりなのだから……。こんな状態ならいっそのこと、ナマケモノそのものになって、自分の奥行の温《ぬく》もりのある鈍重感の中に巣籠り、ひねもす無思慮にもっさりしていたくある。そうやって己を世間から隔絶したい……。それが夢だった。はかない一縷《いちる》の望みだった。でもこれが出来やしないのだ。したいのは山々なのだが、そんな勇気も糞度胸もなく、時間が迫ってきているのを承知の上で、微熱を吹き出しながら己自身に下手糞に愚図ついていくばかりである。

いやここは一気に起きなくてはならないと思った。いつまでも自分自身に微温的《びおんてき》にでれついてもいられないのだ。惰弱《だじゃく》な己を寒気に曝すべく、ベッドから身を剝そうとしてもがいた。動いた。これからは常識ある社会人として立ち振るまわなければならないだけにそうしていったのだが、一向に体は言うことを聞いてくれやしない……。まるで水をたっぷりと含んだ丸太棒のようにずしりと重くなっていて、微動だにしないのである。何度やっても、へっぴり腰では身を剝せなく、自嘲的に唸り声を上げてしまっていた。そうすればするほど、自分で自分に駄目押しをしているのを知りながら、悲しげに歌うのである。あ〜あ〜あ〜と……。今ではこれをしないと、自分が自分でないような気さえするほどになっている。

しかし、もう一度起きようとして身をばたつかせた。そろそろ起きなければ会社に遅刻してしまう虞《おそ》れがあるため、うんうん唸りながら体を右に、左に懸命に動かしていく。だが動かない。動けなかった。まるで体に接着剤がくっついているようにびくともしない。これでもって、またへらへら笑ってしまい、しかしこれが辛くて、己をぼかせたままもやついていくと、いつの間にかうつらうつらしていたのである……。

所がいくばくもしない内に、内側からどんとやられた。良心の頭突きだ。はっとして目を開け、目覚し時計を取り上げて見れば、起きるべき時間をとっくに経過しているではないか。憂苦と不機嫌のマントを纏って愚図ついてもいられなくなったのである。あたかも川におちた犬が陸に上がって背振《せぶ》るいをして水を弾くように、全身を隈無く覆っている「だらけ虫」を一気に蹴散らそうとして起き上がった。後は朝の行事を一直線にこなし、ジャケットを纏って急いでアパートを出ていく……。この余裕のなさはこの頃毎度のことであって、以前のように余裕をもって事をなすことが出来なくなっている……。

それにしても四月下旬の大空は抜けるように青くて、見渡す限り清々しいばかりである。目一杯に空気を吸い込めば、ほのかな甘みがあって、胸腔に清新と爽快が広がってくるようだった……。

さあ、これから仕事を目一杯にやらなければならないのである。よーし、やるぞとばかりに臍下丹田《せいかたんでん》に気合いを入れ、目線を真っ直ぐに据えて、背筋をピーンと伸ばした。まさに威厳正しき古武士のように身に一分の隙も見せずに、路地を小気味よく闊歩していったのである。

サラリーマン諸士が集まって駅へ向かう通勤道へ出ていくと、向こうにはサラリーマン達が点在している。かつては彼らを見て取るや、空気を掻き分けて走るサラブレッド並みに追い抜いてやろうとしたものである。それがえも言われぬ快感であったから。だがそれが、今では妙に馬鹿馬鹿しくなっている。それがどうしたと言う想いが己を逆撫《さかな》でしてきてならない。そんなことをして得々としていただけに、疲れてならない所がある……。いやこうして会社向きの人間に変身したつもりでいたにもかかわらず、パンクした自転車のように充満したはずの気が次第に抜けていって、脚が自ずと重くなり、かったるく歩かざるを得なくなっていた。膝も蝶番《ちょうつがい》の取れかかった扉のようにガタガタ言いだすし、その無様さを意識するほどにヘラヘラしてしまうし、いやそれだけに他のサラリーマン達の邪魔になるのを避けて、道の隅を歩いていった。

目の前に、その背がいかにも侘しげな初老の男がいる。その直前に中年の女性と白髪の老人がいて、彼らと重なるように頭や肩が右に左に見える数人の中年男達がいるものの、どの人の足取りも、何やら疲れているように重い……。

とその時、後から来た男に、左肩をどんと押しやられて宙を泳いだ。見ると、俺より若そうな二十そこそこの男が、おまえみたいな無様な奴はとっとと引っ込めとでも言いたげな目で睨んできたのである。これにはむっとした。俺だってまだ怒りはある。侠気もある。めらめらと血が躍り、何を、この野郎とばかりに身を固めた。所が男はぷいと横を向くや、大股に歩いて通勤人の中に紛れ込んでいってしまった。後からサッササッササと小気味よい靴音がしてきた。そのリズミカルな音から、多分これは仕事のできる自信たっぷりな女性であろうと思われて、通り過ぎる際にふと見るや、すばらしき美女であって、しかし目が合うや否や、汚いものを見たとでも言いたげな大仰な顰《しか》め面《つら》をし、顔をぶん曲げて小走りに逃げていった。自分の元気さや健全さをおまえみたいなずっこけ野郎なんかに、吸い取られてなるものかと全身でもって言いたげに……。ばたばたと、明らかに元気よい音がしてきた。俺とそんなに年の違っていないであろう三十そこそこの男が、太鼓腹を突き出しながら道の真ん中を、ここは俺様のお通りだい、そこ退《の》けそこ退けと言わんばかりにやってきたのである。何をそんなに急ぐのか、男は額に、その首筋に大汗をかき、腰をペンギンのように愛敬よく振って遠ざかっていった。恰好をつけたラフなスタイルの兄《あん》ちゃんがきた。人を追い抜くのが面白いらしく、人々の間を水澄《みずすまし》のように音もなくひょいひょいと身を躱《かわ》しながら歩いていった。今度は一見して部長らしき人物が近付いてきた。その顰め面を見ただけで、自分の身に役柄に見合った重さをつけようと腐心しているのがわかったが、頂度男の前にいた白髪の老人に、そこを退けという空咳《からせき》をしてみせたのである。老人は振り返り、あわてて端へ身をよけたが、中年男は会釈もせず、傲然と身を踏《ふ》ん反《ぞ》り返らせながら歩いていった。それは前進のみを知っている男の曇りなく正々堂々とした歩き振りである。勿論立ち止まることも、後退することも絶対に知らぬと言いたげであった……。

この中年男は、俺の直接の上司に似ていなくもない。会社を背負って立っているという気概をあらわに出して、妙に威張っている男だった。秩序と規律と形式が恐ろしく好きで、ちょっとでも外れたことや出過ぎたことをすると、ピシャリと抑えてくる、またそうするのが自分の重要な役目だと心得ている男であって、こういう人にはどう立ち向かおうと、どうあらがおうと、とても敵《かな》わないのである。常々敬遠することにしていたのだが、この間ちょいと呼ばれて注意されたことがあった。

「重信君、元気でやっとるかね、どうもこの頃遣る気がなさそうで、大人しいじゃないか。誰にでも噛み付く狂犬のような、いつもの物怖じしない反証癖、あれにあわないと何かもの寂しいよ、儂《わし》は、あっはっははは……」

この笑いに触発されて、いけないと思いつつも軽く笑ってしまったのである。

「また人を小馬鹿にしたような笑いをする!! 君は……。いけないね、どうも虫酸《むしず》が走ってならないよ。君の一番悪い癖だな、これがないと君は大変優秀な社員でいられるのだけれどねェ、本当に惜しいよ、もっともっと健気《けなげ》にやっていればいいのに……」

「……」

「所でだ。君、話を元に戻すが、この数字の示す通り、成績が大分《だいぶ》落ちてきたね、どうしたんだい？　何かあったのかい？　君のことだから心配することは何もないと儂は信じるがね。うん、いかんよ。元気でやってもらわないと内も困るのでねェ。若い人にはもっともっと頑張ってもらわねばならないんでね」

以後は小言が続くだけだった。

ようやく駅近くにある信号を渡った。向こうの路地を道なりに進めば最寄りの市川駅である。所がここまで来ると、人々の動きが俄《にわか》に速くなり、どんどん追い抜かれていくばかりになる。その動きはあたかも勝負所にさしかかったサラブレッドが速歩《はやあし》をくりだすのに似ていなくもない。人が前にいるのを極度に嫌い、ひたすら追い抜くことに専心したように、前へ前へと突き進んでいくのだから……。

それでも俺は構わなかった。マイペースで行って駅頭にいたったのである。すると四通八達《しつうはったつ》した道という道から人々が陸続《りくぞく》とやってくる。駅前広場に着いたバスから吐き出された人々も加わり、またタクシーを使った者や自家用車で送られてきた者も混じって、みなが駅の改札口めがけて殺到していくのだ。仕事という目的に向かって迷いのない動きをするその黒い流れは、見ようによってはこれから殺戮に行く兵隊蟻に見えなくもなく、それだけに何やら急《せ》き立てられるものがあり、俺も自ずと小足を使い、流れの中に入っていった。そうしなければ人々に置いてけ堀をくらってしまうのだ。何かに煽られて——これはいつものことだった。会社でも、学校でも、世間でもどこでもそうであって、それが競争社会の原点だと誰もが言っているが——階段を駆け上がり、砂時計の胴のような自動改札口を抜けては、快速電車と各駅停車のホームへ流れる二つの内、各駅の方へ向かう人々の中へ紛れ込む。

プラットホームに出て行った。人々はすでにライン内側の乗車口に従って、数人ずつ並び、その列は途切れることがない。いつも乗る場所と思っている所へ行かぬ内に、するすると電車が入ってくるや、人々は条件反射的に黙々と乗り込み、電車に身をゆだねて出ていく。当然プラットホームは一掃されるが、電車がホームの端を離れていかぬ内に、一人また一人と乗車位置に佇《たたず》み出し、いつしか列をなしていて、数分後にやってきたほぼ満員の通勤電車にやはり粛々と乗っていった。次も同じだった。その次も……。それはまるでベルトコンベヤーに運ばれていくように正確かつ迅速で途絶えることがない……。

この毎度御馴染《おなじ》みの光景は、これまでだって何かと抵抗感があったものだったが、それでも仕方なく、否々ながらに通勤電車に乗り込んでいた。会社に出てゆかねばならないといった一種の使命感や義務感があったから……。だが今朝はやけに気持が引いてならない。うざったいのだ。何やらいただけないものがあって、それに馴染めそうにない……。なんでこんな満員電車に無理して乗り込んで、会社に出てゆかねばならないのか、よくわからないのだから。出来るなら幾重もの膜を纏って、自分自身を暈《ぼ》けさせたくなったほどである。そうすればこのむかつく光景から遠退いて、全く自分に関係のないものになると思いたくて……。しかし着実に生の現実は我が身に切り込んできて、いよいよ空視《くうし》や幻視を向こうへ追いやるばかりだったし、とうとうこの電車を見送ると、確実に会社に遅刻する時間に至ったのである。電車の扉の開いたのを見るや否や、いつまでも蛇の舌のようにふらついている優柔不断な己を嫌って、すぱっと動いていた。

ラインの一番前に並んでいただけに、車内にいち早く入った俺は、奇しくも吊り革が一つ空いているのを見つけると、あわてて摑まえ、こんな珍らしいこともあるのだと思いつつ、ついつい、ほくそ笑んでしまい、軽快に走る電車の窓外の風景を何となくうきうきして見ていった。だが何の変哲もない見馴れている光景には、目に引っ掛かるものとてなく、すぐに見飽きてしまい、自ずと座席に座っている人を順繰りに見ていく。……左隅に口を開けて眠りこける若い男、きちんと座って瞑目している謹厳実直そうな中年男、額に皺を寄せながら折り畳んだ新聞を読む男、うたたねをしている初老の女性、その肩へ頭をもたせかけるようにこっくりしている若い女、だらしのない身なりの若僧に、携帯でメールを見ている女子高校生。その右傍《そば》で、支柱を抱えるようにして漫画本を読む白髪混じりの中年男が、にやけている。俺の右隣は新聞を読んでいた。その二つ右隣の若い女性が携帯でメールを送っている。背後は立錐《りっすい》の余地もないほどに人々がいて、中には折り畳んだ新聞を目近《めぢか》に読む者、ファッション雑誌をめくる女、狸のような目をあたりに無遠慮に転がす者、目の遣り場もなく中吊りの広告を読む者もいる……。

程なくして電車が小岩駅へするすると滑り込んでいくと、申し訳程度に数人が降りて、その何倍もの人々が乗り込んできたため、いよいよ車内は窮屈になったのである。

これでもって俺は嫌悪と鬱気《うっき》が倍加したが、それでも太息《ふといき》を吐《つ》きつつ我慢していく。この位の忍耐と辛棒なら何ら大したことではないという風に、自分に言い聞かせて……。それでいてやはり気になるのだ。両脇と肩を接しているし、背中に他人の体温が伝わってくる様《さま》が、何とも不快でならないのだから……。出来ればもういい加減にしろと、やみくもに大声で怒鳴りたくなったほどである。しかしまわりの人々は羊のように大人しく、静かに黙々と佇んでいる。誰一人としてむずかり、苛立ち怒るような兆候を見せる者もなく、右に倣わざるを得なかった……。それでいて、内心では油汗がひたひたと出てきていた。何かしら息苦しいのである。胸底がいたずらにじりじりしてならない……。このままでは自爆しかねないのを知るだけに、あわてて目をカッと開け、窓外の景色を見やっていった。目の中に刺激あるものや蠢めくものを入れることで、内心の切なる焦りや恐れを退《の》けたくて……。

……密集する民家、その向こうに林立するビルディング、信号機、電柱、街路灯、渋滞する車、車、車、工場屋根、樹々《きぎ》などなどが目端からすっと入ってきて音もなく流れていくままにしていて……、いつしかぼんやりしていた。ぶかぶかのズボンを支え持っているような気分は依然として直りそうにないのだから、自ずと目を閉じて、自己防禦的に項垂《うなだ》れていたのである。これが最も容易かつ確実な自己統御と思いつつ……。

やがて電車は新小岩駅へ入っていったのである。徐々に減速しているのがわかり、薄《うっす》らと目を開けてみたら、プラットホームには、いるいる、人々がごっそりといるではないか。向こうの快速のホームも同様であって、プラットホームの端から端まで人々が櫛比《しっぴ》状にずらりと並び、所々はへの字に曲がって待っているし、しかもなお、次から次へと人々が蟻ん子のようにホームに出てきていて、人々の背後を縫うように歩いている……。

これを見ただけで、俺は思わず知らず唸ってしまった。これから起こるであろうことに、嫌悪、拒否、不快などの気持が暗雲のようにたちこめてきてならないのだから……。覚えず防禦的に吊り革を強く握り、身を固めた。

電車が止まった。

前方により密に詰めた人々は、開扉されて降りていく人々をもどかしげに見ていたものの、最後の降客が外へ出るや否や、待ってましたとばかりに一斉に車内に雪崩れこむが、その力はすさまじいものがある。人々が入口で頑に踏んばっていようと、曖昧に佇んでいようと、自分の陣地を確保したように肩肘を張っていようと、構うことはない。空《す》いている所へ勢いある水のようにぶつかりながら入ってきて、車内はたちまち鮨詰め状態になる。このため線路側の扉口にいる人は、守宮《やもり》のように硝子窓にぺたりと張りつかざるを得なかった。当然車内のそこかしこから呻きが漏れる。厭味たっぷりの溜め息が出されるが、まだ扉口では押し合い圧《へ》し合いがなされていて、やっとその揉み合いが収まりだしたと思った瞬間、相撲の押し出しのような強い力がこちらに一気に加わってきたのである。女の人の悲鳴や金切り声が上がった。堪らなくなり、俺も吊り革を一つ空《あ》け、また一つずらしていたが、今度は反対側から押し返される……。

すでに発車を告知する呼鈴《ベル》は鳴り止《や》んでいる。あれほど注意を勧告してやまなかったアナウンスもない。乗車を諦めた人々が次の電車を待って、ラインに沿って大人しく並びだしていた。

だが、まだ乗り込もうとする人がいるものだ。ある逞しい若者が、ラグビー選手なみのアタックを試みたものの、人々の厚い壁ににべもなく弾き返されてしまい、にやにやしながら場を去っていった。一人の若い女性が背を向け、鴨居に両手をついて腰を錐揉《きりも》みしながら中に入ろうとした。しかし一分《いちぶ》の隙も開けられず、そのまま平然とライン内側に並びだした。階段をトントンと駆け上がってきた中年男が、止まっている電車を見て取るや、間近の乗車口へ直進して、体ごとドンと当った。入れない。にたつきながら後の方へ逃げていく……。

やがて、プラットホームを忙しそうに駆け廻っていた駅員達が人々の安全を確認し合うや、やっと閉扉されて発車となったのである。

最初ごつんとつまずいたように出だした電車は、のそりそろりと滑り出し、徐々に加速してトップスピードに入った。ぐんぐんと朝の涼気を突き破って都心に向けて驀進《ばくしん》していく内に、幾度となく揺《ゆ》さぶられて、自ずと身のまわりに小さな隙間が出来出す。

だが俺はこの整斉《せいせい》にもじっとしていた。頑《かたく》なまでに瞑目して、何も考えないようにしていく……。電車が駅から駅へ繋いでいっても、俺はまるで中枢神経が麻痺してしまったように、ひたすらぼんやりしていった。いらぬ軋轢《あつれき》や葛藤にせめさいなまれるのが嫌なだけにそうしていったのだが、やがて電車が鉄橋を渡り出した音に誘われて、薄《うっす》らと目を開けて見ると、隅田川の川縁を舐めるような細長い縮緬皺《ちりめんじわ》が、万灯《まんどう》のごとく煌《きら》めいている。それは一瞬一瞬ごとに変化していて、一部の銀鱗《ぎんりん》が跳ね上がって左右に散り出したかと思うと、間欠《かんけつ》することなく矢継早《やつぎばや》に蛇のようにうねり、上下に流れていった。一方で偏った光の塊が蜘蛛《くも》の子を散らすように四方に走っていって、瞬時に消滅した。また団子のように固まった所がある。キラキラ輝いていて、目にもとまらぬ速さで帯状に揺蕩《たゆた》ったかと思うと、瞬息《しゅんそく》に川縁に吸い寄せられていった……。まさにこの千変万化振りに見惚れていると、一陣の風に吹かれて蛇の背のようにうねり上がった川面が、こちらに神速《じんそく》に向かってくる。本能的に危険を察した。だが、だらしなく開け切った心身では己を御《ぎょ》せず、もろに光の目潰《めつぶ》しを喰らってしまったのである。

もう目蓋は光の氾濫だった。無尽の乱反射と屈折の狂走を繰り返していて、その混じり合った光の芯は執拗なまでに明るく真っ白い……。と同時に、これに何やら触発されてしまって、俺はむやみに熱くなっていた。自分でも自分がどうにもこうにも手の施しようもないと思うほど、憤怒や憎悪や嫌悪などの悪感情のごちゃごちゃした猛烈な蹴上がりに息苦しくなり、いやこのまま瞋恚《しんい》に拉致されて我を失くしたい気持になった。そうにでもしないと、自分を規制束縛してやまぬ習慣や常識や柵《しがらみ》を、もやつき鬱屈している私的な燻《くすぶ》りを、いつまでも離れられそうにないと思ってやまないのだから。この際何もかも投げ捨てて、自分をきれいさっぱりしたくなったのである。次の瞬間、もういい、えーい、ままよとばかりに発作的に行動していた……。

二

俺は浅草橋駅で降り、駅頭に立ってあたりを見遣っていくと、まだ目底に残光の芯があるものの、諸々のものが、いつになく明るく輝いているように見える。この俺を祝福し歓呼しているかのようなのだ。どこからともなく万物のものが拍手を起こしてくれているような気がしてならないのである。こんな気持は実に久し振りだった。このため呆けたようにあたりを見遣っていると、何やら気配がする。ふと見入れば、信号機近くのガードレール寄りに白髪の老人がいて、目が合った途端恥ずかしげに俯いた……。その所作は、その人の内に秘めた初心な性質の発露のように思えてならず、覚えず体ごと老人の方へ持っていかれそうになったのである。勿論この老人となら、自分のこの無上の浄福感と解放感を分かち合えると咄嗟に思ったのだ。今まで心を打ち明けられる人とていず、相談する人もいなく、一人寂しく悶々とする日々が続いていただけに、この老人の出現はまさに奇遇でしかないように思えたのである……。もしかしたら神の優しい施しとも思え、そう思うや否や階段を降りて、老人の目の前に立った。

早速俺は好感度百パーセントの自信の笑顔でもって、右手を差し出してみたが、老人は敵意むきだしにぎょろりと睨んできた……。これは予想していなかったため、目をぱちくりさせてしまう。邪《よこしま》なるものは一切合財混じっていないつもりのごく自然な発笑《はっしょう》であり、相手も自ずと共鳴するものと踏んでいたにもかかわらず、これだもの、最初からずっこけてしまうが、そこは持ち直すのも早い。御老人、私は何も怪しい者ではありませんよ、ただあなたとこの私の喜びを分かち合いたいだけですよと、目で訴えつつ、一層にこっとしてみせた……。だが老人は、身を反り返らせて、何をこの馬鹿者がといった訝しげな顔で、いよいよじっと見てくる。この思うようにいかない様《さま》に——そう、この頃多過ぎて、ストレスが溜る一方になっているが——焦って、じれて衝動的に出たくなった。何故この私をわかってくれないのです、御老人、この私の純粋な気持を察して下さいよと、強く口に出して言いたくなったほどである。いや、ここは焦ってはいけない、事をしそんじるばかりであると思い、一息吐《つ》いてから誠実と親和をこめた右手をもう一度差しのべてみた。さあ、御老人、握手しましょうよとばかりに……。だが老人の不審と猜疑の目を柔らげることは出来ず、むしろその目は恐怖と不安の極点に達して、ぐらついたと思うや、不意に背を返して、あたかも短距離走者のように横山町方面に逃げていってしまったのである。

俺は落胆と失望のあまり、頭《かぶり》を振り、太息を漏らしては、人は何故こうにまでわかってくれないのだろうと、心の中でへのへのもへじをなぞっていた……。しかしこれも詮《せん》ないことである。気を取り直してふとあたりを見、数軒先に喫茶店の看板を見つけると、入っていった。

さあ、これからどうしようと、珈琲を飲みながら思った。降って湧いたようなこれからのありあまる時間を、何をして遊ぼうかと思うと、まだ何もしていないにもかかわらず、なんとなくにやにやしてしまい、そんな締りのない己自身に気付いて締めにかかるものの、すぐに頬が緩んでしまう……。嬉しいのだ、とてつもなく愉快でならないのである。仕事から解放されたというこの想いは、何ものにも替え難い悦楽の極みに他ならないと思えてならなかったのだから……。しかし段々と冷静になり、野放図なまでの喜びに現実的な枷《かせ》をはめていき、いよいよ制限された中で、自分のこれからの自由な行動を先へ先へと思いやってゆくほどに、あれほど嬉しかった様《さま》が、熱湯を浴びせられた青菜のようにげんなりしてしまったのである。考えれば考えるほど、これからの圧倒的に自由になる時間が、己を押し潰しにかかってくるように思われたのだ。……これならかえって仕事に没頭していた方が、自分が自分でいられるような気さえするほどであり、そのことにほとほと疲れてならなくなった。やはり習慣に従っていた方が、気が楽なのを知り得て……。これもたった数年間の会社勤めなのにもかかわらず、知らず識《し》らずの内に仕事するにあたって、余分でしかないような諸々の性質を、また自らの願望を自らの手で封印したり、こそぎ落していって、自分の精神と意欲の全配列を会社に向けざるを得なかったから……。仕事オンリーの生活が毎日続き、身も心もくたくたにして家に帰っては、ただ寝るだけのような具合になっているからだった。土日の休みの日だって、外に出て遊び廻るといった元気もなく、唯一の休息法といったら、ごろ寝か、テレビを観ながらビールを飲むか、インターネットをいじくるか、たまに競馬に行く位であって、これも恋していた女性に振られてからというもの、ますます引っ込み思案になり、外に積極的に出てゆこうとする気がなくなっている。……こんな自分が嫌で嫌でならなかったのだ。いよいよ現実に妥協して、ますますいじけ、愚かになっていく様《さま》がいただけなかったはずだった。こんな不様《ぶざま》な自分をどこかで縁切りして、新たに再生していきたかったはず……。もうそんな自分には戻りたくはないのだ。そのために、今こうして自分がいて、思い切り手足を伸ばそうとしているのではないか……。いやもうこれ以上下手糞に考え、愚図愚図していたくはないと断じるや、まずは遊び呆けるだけだと思ったのである。これからの自分自身の門出のために、馬鹿騒ぎをして浮かれはしゃぎ、出来れば自分を金箔のようにへなへなにしたくある……。それからでも身の振り方を考えても遅くはないと思うや、俺は早速どこかへ行きたくなり、ふと浮かんだ先が新宿だった。そこでかつてよく遊び呆けていただけに、何年か振りで行きたくなったのである。金もなく、何をしていなくとも何となく充実していた頃をもう一度取り戻したいこともあり、すぐに新宿へ飛んでいた。

駅東口から出てみると、平日の午前中にもかかわらず、かなりの人出だった。これなら負い目を感じることもあるまいと思い、肩をもぞもぞと動かしては、早くもチンピラの風体をして紀伊国屋書店の方へ歩いていく。伊勢丹の角を曲がった。明治通りから靖国通りに出て信号を渡り、歌舞伎町へ至る路地を伝っていく。まだねぼけてけだるいばかりの路地裏を見ながら横丁へ、また細道へと、足の向くまま気の向くままに進み、たまたま恰好の良くて可愛い娘を見つけると、ナンパしたくなって後を追いかけ、あたりに人気がなくなった時、声をかけようとしたら、横合いから飛び出てきた若い男と親しげに話しだす様《さま》に、急いで踵を返して、またあちこちをふらふらしていった。かつてあちこちを出鱈目《でたらめ》に夢中になって歩いて、それでも楽しかったように行きあたりばったりにゴールデン街の方へ、駅の方へ、一番街通りからまたごみごみした歌舞伎町へと歩き廻り、コマ劇場の前の広場にいたって、空いているベンチの一つに座ったのである。だがものの十分も座っていられなかった。何か妙に気忙《きぜわ》しいのだ。何もすることもなく茫然《ぼうぜん》としていることが、何か悪いことでもしているような気になり、いたたまれなくなって立ち上がり、路地のどれかに入り、靖国通りを渡って高架線を潜っては、小便横丁へ入っていった。それから新宿駅の南口の方へ抜け、地下街へ潜っていってと、まるで身に苔のつくのを嫌うかのようにあちこちを回遊していくが、それにしても時間の経つのが遅い。仕方なく時間潰しのためにサウナに入り、あたりがあの不夜城の煌めきに埋め尽くされると、ようやく外に出ていった。さあ、これからが本番だと思いつつ、まずは自分自身への祝杯を上げるべく焼鳥屋へ入り、ビールをぐいぐい呷っていく。出来上がれば、自ずと女の子といちゃつきたくなり――これが自分の求めていたことなのかと思うと、その貧しさに、その弱さに笑いだしてしまったが、外に出て、あたりをうろついていった。勿論いい娘がいれば、そこへ入っていくつもりで……。すると街角に立っていたある女性に声を掛けられたのである。その片言の日本語が面白く聞こえたこともあるが、顔を見れば日本人形のように実に可愛い印象的な顔立をしている……。俺は滅法美人に弱いこともあって、二つ返事で彼女の店に入っていった。そこで大いに騒いだのだ。道化て、ふざけて、浮かれはしゃぎ、徹底的に己を打ちのめしていく……。まわりの女の子達が白い歯を見せて笑い崩れていることに満足していると、例の女の子が耳元で甘く囁いてきた。最初その意味がわからなかったが、すぐににやけ、承諾していた。外に出て、ホテルにしけこんだのである。

三

穏やかな日和《ひより》の下、湖面に浮かぶ小舟の中でうたたねをしている気分——体はほんのりと微熱をもって、おぼろげに気怠くて、何とも心地良い……。と、我を突くものがあり、目覚めたのである。小卓から腕時計を取り上げて見る。

!?……。何かの間違いと思い、まばたきを数回してからもう一度見入っていくが、機械の正確さには逆えず、あ〜あ〜あ〜と無念の嘆きをしていた。時針がすでに十時過ぎを示しているのだから。いやこうしちゃいられないのだ。飛び起きて身仕度をしていく。何が何だかよくわからないが、ただ前進あるのみの兵士のように、無理矢理己を叱咤して会社へ出掛けようと腐心していったのである。ズボンをはいた。ワイシャツに腕を通し、微妙に震える手で釦《ぼたん》を嵌《は》めていく。所が

こんな時に限って釦は俄《にわか》に鰻になり、この己を嘲笑うかのように指からつるりつるりと滑ってやまない。焦るし、いらいらするし、無理矢理嵌めていこうとすればするほど、釦は穴に入ってくれやしない……。それでもやっと最後の釦を嵌め終えた時はほっとし、すぐに靴下をはき、ジャケットを羽織った。しかし何かやり残している思いがよぎった。洗顔していないことに気付き、バスルームに走って簡単にすませて部屋に戻った。だがまだ十全でない思いがする。はて何だろう⁉……。わからないと余計に焦るし、いらいらしてきてならず、何が何だかよくわからないまま、とにかく部屋の中を探すことにした。……クローゼット、テレビ廻り、ソファ廻り、バスルームを見ていくが、今一つわからず、はて何だっけかなと首をひねってしまう。四方八方が塞っている感じなのだ。つい精神がふらふらと泳ぎ出して、臓器もろともに吐き出しかねないような不安に揺れ、恐くなって何かに縋りたくなった。何でもいいのだ。まさに溺れる者は藁をも摑む心境であり、辺りを見ていけば、まだすやすやと眠っている異国の若い女性がいることに気付いて、目が吸い付けられていた。そして口をあんぐり開けて見ていくほどに、その安らかな寝顔が涅槃《ねはん》像のように見えてきていたし方なくなる。また彼女なら何か知っていそうな気がふとしたのだ。この一閃の光芒に全身が救われたような想いになり、無意識の内にふらふらとベッドに寄っていって、女性を起こそうとするが、起きてくれない。うるさそうに背を向ける。

「よおッ!! 起きてくれよ、頼むよ!!」

「うッ、う〜ん……」

「なッ、頼むよ!!」

揺すってみれば、彼女はうんともすんとも言わず、わざとのように毛布を頭まで被った。このあてつけがましさにむっとして、俺は思い切り毛布を剥いだ。がばっと起きた彼女が鬼のような形相で怒鳴ってくる。

「馬鹿、何スルネ!!」

「!?……」

この時正直言って、彼女が何故怒っているのかわからなかったのだ。ただ口を開けたまま、ぼんやりとしょうことなしに突っ立っていた。すると蛇のように鋭い目付きの女性が、こんな馬鹿に係るのも阿呆臭いとばかりに鼻であしらい、急いで毛布をたぐり寄せては、また上目遣いで用心深く見てくる。その目は為人《ひととなり》を品定めしてやるといった底深い目であって、刻一刻といたたまれなくなり、ふと目線を落とそうとした時、まるで頑是ない子供をいつくしむような、ふっくらした笑みを見せてくれたのである。俺は妙にほっとし、しょうことなしににやけていた。

「私、マダ眠イヨォッ!!」

それがまた可愛い声なのだ。愛猫の尾を思わず踏んでしまった時のように、何かしら語尾が甘く溶けるように丸まっている……。

「あ〜あ〜、御免なさい!!」

俺は思わず知らず頭を下げていた。

「何故起コシタネ、アナタ⁉」

「えッ、えッヘッヘヘヘ……」

自分でも自分のしたことがよくわからずにいて、そんな自分自身を胡魔化し、有耶無耶《うやむや》にしてしまおうと意味もなくにやけ、しかしいつものように意味不明な曖昧さに逃げて、とぼけたがっている自分がわかるだけに、自己防禦的に下を向いた。

「ホラ、日本人、笑ッテ胡魔化ソウトスルネ‼」

「それはそうだけれどさ、へへへ……」

まだ彼女の強い目がある。つい猫がするように左手で顔を拭い、自分でも思いもしないことを口走っていた。

「でもさ、もう起きてもかまわないのじゃないの、もう十時過ぎだもんなァ‼」

しかしこう言ってから、我ながら恥ずかしくなったのである。これもいつもの癖だった。とにかく苦しくなると、常識的なものの裏へ、堅固な習俗の陰へ逃げたくなるのだ。

「デモ今日、約束シタデショ!!」

これは難問を突きつけられた思いだった。しげしげと彼女を見入ってしまう。

「モウ忘レタノ!? 昨日、私ニ言ッタデショ!!」

彼女の脹れっ面をしているのがよくわからず、目を顱頂《ろちょう》あたりに持っていって思案するものの、やはりさっぱりわからない……。

「今日、同伴スル、言ッタデショ!!」

俺は天を仰いだ。確かにそう言ったような覚えはある。しかし言わなかったような朧《おぼろ》さもあって、にやにやしていた。

「思イ出シタ!?」

頷いたが、まだ何か妙に擽《くすぐ》ったい……。

「あ〜、御免ね、所で君の名前はアイ、アイインだったよね」

「ソウヨ」

「うん、俺さ、愛英《アイイン》のために約束は必ず守りますよ」

語尾に力瘤《ちからこぶ》を入れて言った。勿論目に真剣さをこめて……。

「で、どこへ行く？　君の行きたい所があったらどこへでも連れて行くからさ」

「重信サン、イイ加減ネ、昨夜、私、肉食《た》ベタイ言ッタラ、シャブシャブ連レテ行ク言ッタヨ!!」

「あ〜あ〜あ〜……」

俺は頷きつつ唸っていた。これは言ったことも確かに覚えているが、自分の言うことやしたことのちゃらんぽらんなあまりに、何やら疲れてならなくなる。立っているのさえ辛くなり、ベッドの端に座りこんだ。

「ネッ、ドウシタヨ、顔色悪イネ」

「な〜に大丈夫だよ、ちょっとさ、ちょっと疲れているみたいなんだな、御免よ、ここに座ってさ……」

「ソンナ事イイヨ。デモサッキ、何探シテタネ!?」

「見てたの!?」

「ウルサイモノ、起キチャウネ」

「へへへ……、うん、その……、しかしさ、うん、何かさ、その……」

「何言イタイヨ、アナタ、ハッキリシナサイヨ!!」

俺は苦笑しつつ、すまんとばかりにぺこんと御辞儀をしたが、見れば愛英《アイイン》の目は微笑《ほほえ》んでいるような優しさが溢れている。それは慈母の目そのものであって、その好意と親和の目に、なぜか嘘はつけそうにないと思われたのである。またそうした所で、自らの手で自らに陥穽《かんせい》を設けて逃げるような気味合《きみあ》いもあるため、ここは正直に話すべきだと思った。

「俺はさ、恥ずかしいけれど、ぶっちゃけた話、自分でも何を探しているのか、よくわからないのだよ、へへへ……」

目を細めるが、それでも彼女が眩しくてかなわず、俯いていた。

「アナタ、馬鹿ネ!!」

「うん、その通りなんだよなァ」

「アナタ、年イクツネ？」

「年⁉……」

頷いている。

「二十八だよ」

「ホントニ⁉　モウ少シ下ニ見エルネ」

「幾つ位？」

「二十二、三歳……」

確かにそうだ。俺は年より五つ位は下に見られている。男としての成長を拒否しているせいであろうか、それはわからなかった。ただこう言って、笑ってみせた。

「みんなそう言うのだよなァ、これでも人並み以上に苦労し、辛酸を嘗めているのにさ、誰もそんなことはわかってくれないのさ……」

「ウッフッフフ……」

「所で君の年はいくつ⁉」

「二十一……」

「う〜ん、実際はもっと年上に見えるよ、二十五歳位に……」

「ソウヨ、ミンナ言ウネ」

愛英《アイイン》は嬉しそうに笑っている。だが豊かな黒髪を一振りすると、今すぐにも笑みを零《こぼ》しそうな企みのある顔をしながら、また平然と聞いてきた。

「デモ重信サン、ホント、何探シテルヨ⁉」

「えッ⁉　えッヘッへへへ……」

「ホントニワカラナイノ？」

その顔は悪戯《いたずら》小僧そのものであって、それだけにおいそれとは何も言えず、にやにやしていると、彼女がいてもたってもいられぬとばかりに、いきなりはしゃぎだしたのだ。

「ネッネッネッネッ!!　重信サン、昨夜、凄ク威張ッテタヨ!!」

　俺は何となく感じる気恥ずかしさを分散させようとして、目をぱちくりさせた。

「アンナ馬鹿ドモノ多イ会社ナンカ居タクナイト言ッテタネ」

「へへへ……」

「コウモ言ッタヨ」

　彼女が偉ぶったように上体を突っ立たせた。それは昨夜の俺を真似ていることは、明らかだった。

「会社ノ体質ハ古クテ、新シイ事ヲスル気概ヤ進取気質ガ全然ナイ、ダカラ駄目ナンダ。後ハブッ倒レルノヲ待ツバカリダ!!」

「ふふ……」

「ホント、昨夜、熱ガ出タト思ウ位凄カッタネ」

　愛英《アイイン》はまるで灯《ひ》が点《とも》ったように明るく笑っている。

「ねェ、愛英《アイイン》、もういいよ、何か冷汗が出てくるからさ、この辺で勘弁してくれよ」

俺は目でお願いをし、手でも制して見せた。勿論大袈裟な位に頭を下げて……。だが前頭部がやけに熱く感じ、ふと面を上げてみると、愛英《アイイン》が頬と唇をぶるぶる震わせていて、ついにぷっと吹き出すや否や、体中の穴という穴から笑いが弾け飛ぶように全身でもって転げ廻りだし、いつまでも手足をばたつかせて、背中を波のように躍らせている……。やがて身を起こした愛英《アイイン》が黒髪を一振り二振りして、澄ましながら言ってきた。

「重信サン、面白イ人ネ、私、凄クオカシイヨ!!」

だが俺の顔を見ると、またやにわに笑いだすのである。それはしょっちゅう出る屁のように思えなくもなかったが、何で笑われているのか今一つ釈然としなかったため、愛英《アイイン》を見れば見るほど不愉快になってきて、一言かましてやりたくなった。そうしないと男の沽券《こけん》にかかわるような思いがしてならなかったのだ。

「何でそんなにおかしいのだよ!!」

「ダッテェ〜……」

溶けるように甘い声だ。ちらりと上目遣いで見てくるが、それがまた抱きしめてやりたいほど愛くるしい……。ぼうっとしていると、おちょぼ口で言われる。

「重信サン、昨夜言ッタコト、本当ニ忘レタカ!?」

俺はとぼけた。とぼけることしか出来なかった。子供のように自分の非を認めてまた笑われるなんてことは、もう御免蒙りたかったのだが、そんな俺を見ためか、愛英《アイイン》がいきなり真正面からズバッと斬り込んできたのである。

「昨日、川ニネクタイ捨テタ、言ッタデショ!!」

これは電撃でしかなかった。思わず天を仰ぎ、目を瞑る。確かにあの時、あまりの息苦しさに耐えかねて、電車の窓硝子を下ろすや、襟首を緩め、ネクタイを解くと、このサラリーマンの象徴を川面めがけて思い切り投げ捨てた……。あの時の何とも得がたいほっとした気分、肩の荷を降ろしたような解放感と、身の内から湧き上がってくる喜悦感。と同時に、つい先ほどの哀れなまでにおろおろして会社に出て行こうとした様《さま》や、頭の中を陳謝と恐怖と不安と失意などで一杯にして、訳もわからずふわふわしていた有様が現出してきて、思わず顔を覆ってしまう。恥ずかしいのだ。穴があったら入りたいほどだった。

「ワカッタデショ!!」

小さく頷くが、無性に寂しく遺る瀬なくて、下を向いていた。

「デモ、ドウシテサラリーマン辞メタヨ!?」

愛英《アイイン》が素頓狂な位の真ん丸い目で聞いてくる。異国の女性のこの直接的な言辞に戸惑い、呆れ、目ばたきをして、その間に乱れ、縺《もつ》れている己をなんとか整えようとしていくが、うまくいかない。もとよりうまい考えも浮かぶはずもない……。あらぬ方を見ていって、思わず太息を吐いていた。

「何考エテルヨ!?」

「ふふ、別にねェ、何もないよ……」

自信のないため、声は自ずと小さくなっていて、目も合わせられない。

「ジャ何故答エナイネ」

「ちょっとそれは……」

抗議したくて彼女を見るが、実に品のある顔である。炯々《けいけい》たる黒い瞳、秀《ひい》でた額、形のよい鼻、小さく笑みを零《こぼ》している唇、すっきりした頬のラインに豊かな黒髪などなど、どれ一つ取ってみても惚れ惚れするものがある。あの間接照明で見た彼女より、数段も上の美しさに輝いているように見えてならなかった。それはまた実に信頼に足る顔に見えたのである。人を利用してやろうとするだけのこすっからしやお人好しを装って、にこにこ顔で近付いてくる人間の目に、必ず一閃《いっせん》させるあの濁って下卑たものがない……。相俟《あいま》って、俺はまわりに誰も話を打ち明けられる友もいないこともあって、心の奥底で誰かに、それが見ず知らずの行きずりの人であろうがなかろうが、自分のことをこっそりと打ち明けてみたい想いが常々あって、その機会が期せずして訪れたような、そんな気になったのである。急き込《せ》んだように喋っていた。

「実を言うとね、俺はサラリーマンを辞めたけれどさ、その理由は自分でも本当の所はよくわからないんだよ、へへへ……」

「何ヨ、ソレッ!!」

「うん、会社が嫌なのは嫌なのだが、それが主原因で辞める訳でもないし、人間関係が煩わしくて辞める訳でもなくてさ、強《し》いて言えばたえず周りに気を遣っている自分が、持てるエネルギーの使い所の強弱もつけずに一途にやって、何かと他人の賞讃を得ようとする自分が、嫌なんだよなァ。本当は自分自身に積極的に係っていって、何かをしたいと思っているのに、それも出来ずにいつまでもだらだらでれでれしている自分が面白くないからかなァ……」

「私、ワカラナイヨ!!」

「そうだろな、うん、これじゃ理由にもならない理由だもんな。わかってくれと言う方がおかしいよなァ……」

「ソレジャコレカラドウスルネ、アナタ⁉」

「えッ⁉……」

「ドウシタヨ」

「そう急《せ》かさないでくれよ、ちょっとさ、うん……」

ちらりと彼女を見ると、その体には尖《とが》りはない……。妙に安心して言っていた。

「本当のことを言うとさ、俺は会社を辞めた後のことは全然考えていないんだよな。ただ身を束縛してやまない会社を辞めたいだけであってさ。でないと自分の身動きが取れない思いがしてならなかったからさ。ちょっとお願いだから、その為人《ひととなり》を品定めするような目はやめて欲しいな」

愛英《アイイン》は注文通り目線を下げた。

「それにさ、俺はね、会社にこせこせと居ついてやれといった意識もないのさ。属している組織に居心地の良さというか、何かしらの旨みを見つけて、それでもって長くやっていけるというような気もないからねェ。見ているとそういう人が多いけれどさ、へへへ……。えッ⁉ 何の仕事をしているって⁉ 言ってなかった⁉ 医療機器関係かな。ただ何をやりたいという思いもないまま、何となく就職した所がそこだったのさ。その前はちょっとアルバイトで糊口《ここう》を凌《しの》いでいたけれどね。そんな訳だからかな、未だに今の仕事にどうしても馴染めなくてね。それにどっぷりと浸りたいと思う反面、ちょっと待てよというようなさ、何か知らないが我が身を惜しむ変な所があるんだな。だって仕事にのめりこめばのめりこむほど、といっても仕事を追いかけていたつもりが、いつかしら仕事に追いかけられているんだぜ、笑っちゃうよな。だから余計に我が身に余裕がなくなっているのがわかって、何か面白くなくてさ……。この点から言っても俺はプロのサラリーマンにはなれないなとつくづく思うよ、うん、でもさ、仕事を一生懸命やらなければ、人間関係がうまくゆかないしねェ。組織の中でマイペースでやったり、一人だけ違った風にやるなんて、そんなことは出来やしないし、もしそうしたらすぐにオミットされるものな、なんだ、あの野郎は、というばかりにさ……」

「フ〜ン」

「それも面白いんだよ。会社の奴らのやることなすことはすべて上次第でさ、本当に見ていて阿呆臭くなるよ。だってみんなの目線は上に行っているからねェ。上の人の印象や受けを良くしようと腐心していてさ、だから上の人の判断一つで、あっちうろうろ、こっちうろうろはしょっちゅうなんだよ。翻弄されていると言った方が当っているかな。こんな状態だもの、媚を売るサラリーマンとは違うとばかりに我が道を行くような異質な人がいると、みんなして突き出すようになる始末なのさ。みんな等《ひと》し並みにしていないと、安心出来ないとばかりに……。えッ、何!? 会社ってそんなひどい所なのかって!? そうさ、そういう所が大いにあるんだよ。でもって一時は仲良しムードでやっていくが、またもや性懲《しょうこ》りなしに仲間の内に誰か異分子はいないかと鼻をうごめかして、なんとかかんとか理由をこじつけては犠牲羊《スケープゴート》を探し出し、ここぞとばかりにみんなしてやっつけるのさ。アーメン!! 君よ、我らのために犠牲になってくれた、赦したまえとばかりに……。これは特に党派を組まない人や一匹狼の人がやられがちだね。そんな人こそ本当は大切なのにさ、やっちゃうんだよ」

「ソレ本当!?」

「うん、これが会社の実態さ。でもこれも本筋じゃないものなァ。こんなものは人が寄ってたかれば必ずあるものでしょ。底意地悪さや嫌がらせやいじめはどこでもあるし、そうしている人の中で、特に下手に媚びる人間ほど、やることが下種《げす》張っていて、見ていて気持が悪くなるよ。だってさ、薄っぺらの極意はこれだぞと言わんばかりに、掌をころっと変えて遮二無二攻撃的になるからねェ……。おっと話がそれちゃったね。へへへ……」

彼女が笑っている。

「俺はね、このまま会社にいて、飯を食うために無理して働いてゆくのかと思うと、それが嫌なのだよなァ。たえず仕事に突つかれてずるずると行きそうなだけに、余計に辛いものがあるのさ。一生懸命やればやるほど、いつしか泥沼にはまって、そこから一生抜け出せなくなる虞れがあるからねェ……。そりゃ仕事に熱中することで、己から一時的に遁れられていた所もあったよ。でもねェ、自分自身の不満や欲求がそれでは決して消えないものなァ。たえず不安なんだよ、何か焦っていてさ、そのせいかこのままいくと、現状になし崩しに妥協していて、ふと気付いた途端、身辺感覚ですら歪み、軋んで、擦り切れ、ついには修正が利かなくなってしまうのではないかと思えたのさ。今のままでは自分に全然納得出来ないんだなァ。自分に正直でいたいこともあるしさ。また下手に己に妥協したくないしさ……。だからかな、ここいら辺で自分自身を見詰め直さないと、本当に駄目な人間になっちまうぞといった思いが強まってきて、このまま無難性をとるか、または新たな道を行くかと思うと、いよいよ悶々鬱々とするし、焦るし、これ以上は自分で自分が纏められなくなって、もういい、辞めちまおうと思った次第なのさ。これも暗い膜を何枚も目の前に張ったように、一向に未来が見えてこないのも承知していながら、見切り発車をしちゃったのさ。こんなの馬鹿だと思うでしょ!! ……」

「アナタ、イツモ損シテルネ、キット」

「!?……」

「折角築イタモノ捨テルデショ、勿体ナイヨ、ジット我慢シテナイト、一生流サレルヨウニナルヨ!!」

「うーん、そうかも知れないなァ」

心当りがあるだけに唸ってしまう。いやそれだけに何か言いたくなった。そうしないと、自分の秘めた内奥が白日の下に曝け出されてしまいそうな想いがあって、己を隠蔽しようと急いで喋っていたのである。

「でもさ、それでもいいと思っている所もあるんだぜ、だって仕方ないもんな。ただごくありきたりのオッサンにはなりたくないと思っているんだよ。生きていく上で、いよいよ面《つら》の皮が厚くなって何事もへいちゃらな男、それも図々しいだけが取柄の男にはなりたくないんだよ。そんなの最低だものなァ」

「アナタ、チョットオメデタイネ!!」

「ふふ、当り!! そう言うと思ったよ。言う通りなんでねェ。へへへ……」

「マタ笑ウ!! 重信サン、オカシイヨ!!」

「ふふふ……」

「子供ミタイネ、アナタ。イツマデモ大人ニナレナイ男ネ。無為無策デモ平気ナノ、ワカッタヨ」

「あっはっははは、大当りだよ。笑っちゃうけれど、本当に的を射られちゃったねェ」

「駄目ネェ、アナタ。男ナラ怒ルヨ、笑ウヨリ怒ルガイイヨ!!」

「怒る!? そんなこと全然ありましェ〜ん!! 自分自身に自信があったら、怒ることもあるかも知れないが、それもどうでもいい気もあるしね。へへへ……」

「ソノ笑イ　薄気味悪イネ、ヤメテヨ!!」

「そう言うなよ。俺はこの笑いしか出来ないんだからさ……」

「駄目ヨ、ムカムカスルネ、最低ヨ!!」

「へへへ……、あッ、これがいけないのか、御免ね」

　俺が丁寧に御辞儀をすると、彼女がくすんと笑った。その人なつっこい笑みが何となく心に沁みこんできたのである。こんな美しい笑顔をする人に近頃出会っていないだけに、まばゆい思いがしてならなかったのだ。いやこれはきっとこの女性の心の反映であるに違いないと思った。こうして身を私娼《ししょう》に落としているが、心はいつまでも汚れず無垢でいられる強い人であろうという気がしてならない。そうでないと、こんなに人を惹きつける綺麗な笑みが出来る訳がないと思えた……。そう思うや否や、彼女が何か特別の人に見えだしてきたのである。見入れば見入るほど、その想いは刻一刻と確実に太り、こうして偶然出会えたのも、何かの縁であるような思いさえよぎる……。もしかしたらと思えたのだ。彼女によって明日が見えてきそうなだけに、真剣に見詰める。

「ねェ、愛英《アイイン》!!」

「ナ〜ニ⁉」

目が愛敬たっぷりにくるくる廻っている。それも見られていることを十二分に承知していて、だらしなく開け切っていた身を蛤《はまぐり》のように閉じ、挑発的にじっと見てくる……。堪らなくなって、ごくりと生唾を呑みこんだ。

「こんなことを言うと笑うかも知れないが、愛英《アイイン》とは何かしらずっと昔から知っていたような気がしてならないんだよ」

「嘘ガ上手ネェ、重信サン」

「本当だよ、本当!! 何かしらそんな気がするんだよ。だって愛英《アイイン》がとても別嬪さんだからさ……」

愛英《アイイン》につつと寄っていったら、鷲の目でじっと見てきていたが構わず抱きつき、キスしようとする。

「駄目ヨ、駄目……」

しかし押し退けてくるその手は、そんなに強くないのだ。

「俺はさ、俺は……」

彼女を押し倒した。

「愛英《アイイン》が好きなんだよ、本当に……、愛英《アイイン》となら、何かうまくやってゆけそうな気がしてならないんだよ!!」

「私、嘘吐《つ》キ、嫌イネ」

「本当だよ、本当だってば……。俺は愛英《アイイン》に絶対に嘘なんか吐《つ》くものか……」

譫妄症《せんもうしょう》とまがうようなことを喋りながら、俺はとにかく本気だった。己を救ってくれそうな女神に出会えた気になっているだけに、もう無我夢中だった……。

憂鬱屋

思わぬ所で思わぬ人と出くわすことがあるものだ。あたかも人と人のそれぞれの異なった時空の領域が、その時だけは何かに引き寄せられて一致するように……。

私もそんな経験をしたことがある。もう何年も前のことだったが、今でもそれが忘れられない。当時私は東京の東部地域の市に引っ越したばかりであったが、まさかそこである竹馬《ちくば》の友と邂逅するとは思いだにしなかったのである。

それは忘れもしない十二月に入ったばかりの日であった。いつもなら残業をしていたであろうが、その日だけは何となく仕事を切り上げたくなって、いつになく早く退社してみたのである。勿論部下には驚きの目で見られた。私は自他共に認める会社人間であったから……。

しかしその日は、自宅のある最寄駅へ帰ると、いつ何時《なんどき》でも満員である一軒の焼鳥屋へ一度でいいから入って、焼鳥を食べたくてしょうがなかったのである。私は焼鳥には目がなかった。好きなカシラやコブクロやカワを食べながらビールをぐいとやると思っただけで、咽喉が自然と鳴りだすほどであって、店の前に立った時には、やはり思わず知らずごくりとやっていた……。

だが最初は駄目元だと思っていたのだ。あんなに繁昌している店だから、どうせ満員で入れないだろと踏み、もしそうであれば待つしかあるまいと思って入ってみると、カウンター席が一人分だけ空いていたのである。私は案内されるままにそこへ座り、ビールをぐいとやりだしていった。勿論焼鳥は旨い。何本食っても飽きず、ビールもついつい飲み過ぎるほどであったが、一杯機嫌になった所で店を出た。あたりに犇《ひし》めいている看板の灯《ひ》や店明りを見たり、路上で騒ぐ酔客や、その向こうの国道を車がびゅんびゅん飛ばしているのを見ていって、時計を見れば、まだ午後八時前であるため、このまま家まで歩いて帰っても悪くはないなと思えた……。歩いても二、三十分とかからない所に家があるし、たまにはバスに乗らないのも、むしろ面白いと思うや、バス通りの道をてくてく歩き、私鉄沿線の線路手前まで行った、その時だった。路地奥から何やら罵り合う声が飛んできたのである。最初酔っ払いの喧嘩か、つまらないと思い、ふたたび歩きだそうとすると、心の奥底でふと刺すものがある。もっとよく見ろといったような、そんな一閃であって、向こうで入り乱れている三つの黒影を見入りだすと、その中の一つが見覚えのあるようなないような、不思議な感覚に襲われた……。

……確かに一人の男が猛然と食ってかかっている声に、はたまたその身体に、かつて知っている記憶とピタリと一致するものがある。それは間違いなく、ある友だと思えたのである。つかつかと歩み寄っていって声を掛けた。

「おい、細川!!」

揉み合っていた三人が動きをとめた。中でも名を言われた本人は雷に打たれたように突っ立ち、まばたき一つせずにじっと見入ってくる。他の二人は不審げに見てきていたが、ふと店先で、ぎらぎらする目を投げている美しい女性を見て取るや、会釈しながら言った。

「すみません、何があったか存じませんが、この場は私にまかせて下さいませんか、お願いします!!」

丁寧に叩頭《こうとう》してみた。……見れば何となく曖昧なままぼやけているようであって、いやそれだけに遅疑《ちぎ》逡巡《しゅんじゅん》している隙を狙って、細川の腕を取るや、有無を言わさず連れ出そうとしたのである。だが友はむずかり、腕をほどき、強引にそっぽを向いた。それでも私はまあまあとか何とか口からでまかせを言いつつ、無理矢理友の背を押して駅の方へ歩いていった。とにかく場を離れるのが先決だと思ってそうしていき、やや経った所でざっくばらんに切りだしてみた。

「細川、随分久し振りじゃないかよ!!」

だが友は固い体付きをしたまま何も言わない。

「あれからどうしたのかと思って、いろいろ心配していたんだぜ」

「……」

「なんだよ、水臭いな、何も話してくれなくて……」

友の肩を軽く揺すったら、触るなと言わんばかりに異様に光る目で横睨みしてきた。しかし怯んでもいられない。恐々ながらも問いかけて見る。

「本当にどうしたのだよ、細川」

友が鋭い一瞥をよこしてきた。いかにも軽蔑し切っている目である。しかも鼻先でせせら笑ってみせ、私のことなど眼中にないと言いたげに速歩《はやあし》をくりだしていく。それは明らかに逃げようとする態度であって、それでも私は追い付いていった。

国道の信号までいたると、友が低く威嚇的に言う。

「ここで別れようぜ、村瀬」

「どうして⁉」

「おまえとは何も話すことはないよ」

「そんなこと言うなよ、俺は一杯あるさ」

「ないと言っているだろ!!」

友が凄んだ。きつい目だ。陰惨ですらあり、思わず知らず叫び声を上げたくなったほどである。ために私は何か喋っていないと自分が安心していられないような気持に揺れて、自ずとべらべら喋り出していた。

「そう言わずにさ、付き合ってくれよ、なにしろ約二十年振りに会ったんだからさ。そんなにつれなくするものじゃないよ。……とにかくどこかへ行って、一杯やろうよ、いいだろ!?」

「やだね」

「相変らずだね、細川は……。昔もそうだったね。決して他人に妥協しなくてさ、ほとほと手を焼いたことがあったものな。でも結局は何だかんだと言いつつも最後は折れ合ってくれたじゃないの……」

かつて無二の親友だった男は、人を小馬鹿にしたように小鼻を蠢めかしたが、信号が青になったのを見て、歩き出した。

「ちょっとだけだよ、付き合ってくれないかな。何もそんなに時間をとらないからさ。いろいろ話し合いたいこともあるしさ……」

友は何も言わない。

「ちょっとだけだよ、細川!!」

私は友のかつての男らしさに縋った。依頼されると、決して否を言わなかったものである。優しくて、親切で、寛容で、洒脱であった性質に頼った。だが友はうんともすんとも言わない。その固い背中は、明らかに拒絶を示していたが、私はくじけなかった。どんなに無視されようとも粘着剤のようにくい下がり、いろいろな手を使って口説き、泣き付き、情に訴えたが、すぐ向こうに駅コンコースの明りが皎々《こうこう》と見え出した時には、もう駄目だと観念した……。所が駅階段際《ぎわ》で、くるりと背を返した友が低く言ってきた。

「ちょっとだけなら付き合ってもいいぜ」

これには私は歓喜に咽びたいほどになった。早速目に入った割烹屋へ入っていったのである。

話が始まった。と言っても八、九割方は私が喋り、細川は相槌を打ったり、ぼそぼそと言うだけであったが、酒が入って緊張が解けるや、あれほど憂鬱そうで暗く陰湿だった友の顔に、ややもすると笑みが零《こぼ》れだし、構えていた体も次第次第に緩み、気分も乗ってきて、かつてのように無防備なまでに信じやすい心を見せつつ、いろいろと話し出したのである。だが突如として話をやめ、小動物のようなおどおどした目でちらりちらりと見てきては、下唇をかんで俯く……。その様《さま》は一瞬にしろ、自分の本音を出したことをいたく後悔しているようであり、私が気楽に話しかけても反応すらしなくなった……。

次第次第に陰気な空気が周りを包み出し、真綿で首を締められているような嫌な気分になった。このまま何もしていないとますます居づらくなるばかりであって、私はまるで腫れ物に触るように恐々しながら話し出していく。出来ればかつての情誼を、かつての親密振りを思い出してもらいたくて、勘所《かんどころ》をおさえたつもりの昔話をしていったのである。勿論勘の鋭い友には嘘を吐《つ》くこともなく、真心でもって接していくが、それでも黙殺したように俯いている。そのいくら喋っても反応のない様《さま》に疲れて、唐突に話をやめた時、友が下から突き刺すようにじろりと見てきた。それはまだ何かを疑っている目だった。だがすぐにそらし、太息を漏らしていて、ふたたび見てきた時の顔は、どことなくほほえんでいるような優しさが溢れていた。それはかつての信じやすい一途な少年のような純な笑顔である。

「なあ、村瀬、おまえはこの俺を本当はどうしようもない奴だと思っているんじゃないのかい!?」

「なんだよ、突然そんなことを言い出してさ、そんなことは全然ないよ、なぜそう思わなけりゃならないのだよ」

「本当かい⁉」

友は嘘を吐《つ》くと承知しないぞとばかりにぎょろりと睨んできた。その圧《お》しのかかった陰気な目にたじたじとなりかけたが、私も嘘偽りのないことを懸命に訴えるため、じっと見詰める。……しかしそれはまさに野山で熊と出遭ったような背髄に凍るものがあったのだ。目をそらして逃げ出したい気持と、いつ襲われるかも知れないという気持が闘い、息を呑んでひたすら見守っていくしかなかった。なのに依然として友は微動だにせず、じっと見詰めてくる……。それは一秒が一時間に相当するほど長く感じてならず、いやこれ以上は精神や感情がひしゃげられて、肝っ玉が空中飛散しかねないほど苦しくて堪らなくなった時、友がふとよけてくれたのである。

「変わったねェ、細川も……。本当に恐い目をするよ」

友は鼻でせせら笑いつつ、突慳貪《つっけんどん》に言う。

「もう二十年だろ、誰だって変わるさ……」

眉間に皺を寄せている苦々しい顔は、かつて見たことがなかったものである。顔色もどことなく生気がなく、蒼白なほどだ。あの白皙《はくせき》の美男と言われていた頃のような、ふっくらとした微妙に優しい線は失《な》くなっている。その険のある目付きに、その落ちくぼんだ頬に、その唇の端の小皺に、やや尖ったようなその鼻梁に、積年の流浪の苦労と辛酸が滲《にじ》み出ているようだった。態度仕草もかつてのように大様としてなく、なんとなく落ち着きがなくて、神経質なまでに身構えている所がある……。

ややあった。

話柄《わへい》もなくて、黙っていることが辛いあまり、私は冗談半分に言ってみたのである。

「これじゃなんだか通夜のようだね。もっと気楽にいこうよ」

「ふん!!」

「もう少し肩から力を抜いて話そうよ、どうもまだ固いものな。折角の再会だというのにさ、こんなおめでたいことはないのにさ……」

「本当にそう思っているのかい、村瀬？」

友がじろりと睨んできた。

「当り前でしょ!!」

「じゃなぜ人をじろじろ見るんだよ、失礼だろうが!!　本当のことを言ってくれよ。所詮腹の中では、こいつは胡散臭い、危なっかしい奴だとしか思っていないのだろ!?」

「そんな馬鹿な……」

「おまえさんの目がそう言っているのだよ」

「おいおい!!　それこそいい気な思い込みだぜ、そんなことは絶対にあるものか、なぜ俺がおまえさんのことをそう思わなければならないのだよ」

「随分といい気な気休めを言ってくれるねェ。そんな気など更々ないくせにさ。これもやはり世間擦れした証拠だな、きっと……」

「しかし細川はよく勘繰るねェ、昔はそんなことはなかったじゃないの……」

また友が詰問的な目をしてくる。人が不快に思うことを百も承知で投げつけてくる不貞不貞《ふてぶて》しい目だった。

「ソッ、その目をされると本当に恐いねェ。昔はそんなおっかない目付きはしなかったじゃないの……」

「俺は目が悪いからな」

「それだけじゃないよ。何かしら自分に気にくわないものや、歯向かうものには全身全霊でもっと圧倒してやるぞと言わんばかりの強圧的な目だよ。相手が物怖じして避けるのをわかっていて、そうしているようなさ……」

「ふふ、言いにくいことをぬけぬけと言ってくれるね」

友は薄笑いを浮かべたが、この私を嬲《なぶ》るような要素は、どこにも見受けられなかった。

「この二十年間に、何をして、またどうやって暮らしてきたか是非聞きたいよ、突然居なくなっちゃったものな」

　またじっと見入ってくる友。その眼差しはつっかかってくるような調子があって、思わずたじろぎかねなかったが、すぐさま病的なまでに不安そうな落ち着きのない目になったのである。それは心の中で何やら揉み合い圧《へ》し合いをしているかのようであり、しかしまた上目遣いで問責するように見てくる……。だがそらし、ふたたび何気なしに見てきて、優しげに言うのだ。

「そんなに俺の過去が知りたいのかい？」

「そりゃそうですよ」

「ふふ、じゃ喋ってもいいぜ、今宵の置き土産にさ……」

「またそんな大袈裟なことを言う。何故置き土産なんだよ⁉」

「そんなことはどうでもいいよ。ただこの俺のこの二十年間のことをかいつまんで喋ってもいいと言っているだけだよ。どうしょうもなくちぐはぐで、いい加減で、ずぼらで、宙ぶらりんであった過去をさ……」

「……」

「君とも親友だったしな、ちょっと位はわかってくれるだろ。でも本当に過去のことは苦々しいばかりで話したくはないのだが……と言っても今だもって低劣と卑屈を事としている為体《ていたらく》にあって、依然として変化がないのだけれどさ……。ふふ、これを思うと笑ちゃうよ。でもこんなことは言わずもがなでしょ!!」

友は大きく息を吐いた。

「えッ!! 話すと言っておきながら、もうこれだぜ!! 笑っちゃうだろ、おかしいだろ、なんか苦痛なんだなァ。おまえさんみたいに誰にでも誇れる汚れ一つない過去を持っている者と違って、俺は出来るなら自分の過去を抹消させたいと常々思っているからね。苦々しいばかりに凝縮された過去なんて、他人に言わずに人知れず葬って、それでもって終りとした方がいいからね。むしろそれが一番だと思っているのさ。今でさえ自分に自分が馴染めないで喧嘩ばかりしている始末でいるのにさ、なんでべらべらと自分のことを喋れるんだね」

友は憎々しげに呟いたが、目は遠くを見ていて何やら淋しげである。

「なあ、細川。話したくないのなら、何も話さなくていいよ」

「チェッ!! 偽善者めが!! 今更何を言っているんだよ。俺は一度言ったことは、誰が何と言おうと喋らせてもらうぜ。えッ!! その位のことはよくわかっているはずだろ」

私は頷いた。この男は嘘を吐《つ》けない男だった。

「俺が突然家を飛び出して、まず何をしたと思う? あッ、そうか、こんな形式じゃわかる訳ないよな、迂闊だったよ。うん、でもこの迂闊さが過去の随所随所で見られて、思わぬ失敗や粗相をやらかしたり、取り返しのつかないことばかりしてきた苦々しさがあるのさ。まッ、そんなことはどうでもいいことなんだがね……。俺がまず東京に出てきて、初めにしたことは新聞配達さ。新聞店に泊り込んで、苦学生振ったのさ。でも三ヶ月と持たなかったよ、全然勉強が出来る所じゃなかったからな。自分だけの時間が持てなくて、まわりに流されていたからね。静かに勉学したかったのだよ。でもそれが出来なかった。出来るような環境じゃなかったのさ。そんなこともわきまえずに、ただ無性に家を出たくてしょうがなかったから、無頓着にもそうしたのだけれど、これが最初の誤算だったね。今思うと若かったんだな。何でも自分の思い通りにいくと思い込んでいたものな。それからがもう無茶苦茶なのさ、流されっ放しだよ。でも当時はそれが自分では格好よく思っていた所もあるんだぜ、何かに反抗したり、逆らったり、不良振ることがえらく粋に見えたからね。なにしろ周りを見ると、みんないい子振って言い付けられた通りに勉強しているだろ。それが気にくわなくてね、俺だけは違うとばかりに意気がって、わざとドロップアウトしてみたのさ。でも後は苦々しくなるばかりだったよ……。当時のことを思い出すだけで本当に自分の青臭さに腹の皮がよじれるけれどね。だってすべてが痩せ我慢なんだよ。へっぴり腰のいい恰好しなんだよ。精一杯の突っ張りと不貞腐れなんだよ……。あッ、また話がそれっちまったよ、ほら、君の顔にありありと書いてあるぜ、こやつはもうてっきり馬鹿になっちまったって……」

「そッ、そんなことは思ってもいやしないよ」

「そうかな⁉」

「本当だよ」

「まッ、いいや。で次に俺がしたことは会社勤めだった。何の考えもなく、胸の底に秘めたものがあって——それは本格的に何かの研究、調査、実験などに没頭してみたいと思っていて、それに至る入念な手続きや方法を怠っていながら、ただたんにそう夢想していて、会社に入ったのも、食っていけりゃいいやと思ったのさ。それもなるべく定刻通りに帰れる所を選んだつもりだったさ。だが仕事をしていく内に、段々とそういう訳にはいかなくなった。仕事をすれば、自分だけは関係ありませんとばかりに抜けだせなくなっていくからねェ。面白い位に自分だけに取っておいたはずの時間が食われていくんだよ。笑っちゃうほど次から次へと仕事が舞い込んでくるし、下手に手抜きは出来なくなるし、そうしたいのは山々なのだが、そうすれば同僚に迷惑をかけるばっかりだったし、そんなことは絶対に許されないと思っていたから、働くとなると人一倍頑張っちまうのさ、己に無理してさ。でもって結局疲れちゃってさ、他に何かをしたいという気持が起きないほど身はくたくたになっていて……そんな余裕のない自分が嫌だったし、またエネルギーの使い処が何か違っているという想いが常々あって、会社勤めがいたく気にくわなくなったのだよ。でも五、六年は続けたね、オマンマの喰い上げになるからね。それでいて、仕事に何かおかしいと違和感を覚えつつも、やっていく内にそれが何となく身にぴたりと合っているような、妙な感覚になっていたことも否めないよ。妥協もあるがやはり習慣だね。本当はそれが一番恐かったのにさ、馴れるとなると、それからなかなか離れられなくなっている……。その一方でこのまま俺はこんなもので終ってしまうのかというような思いもあったし、当時そう思うや、仕事をしていくことが何とも阿呆臭くなり、己を生かすために辞めてしまえとなったのさ。いつまで鬱々としていたって得策じゃないといった具合にね。だって仕事をしていけばいくほど、その方面では明るくなるよ。でもそれだけに一方で馬鹿になっていくものな、確実に……。そういう所でしょ、会社って」

「まあね、そういう所もあるにはあるけれどねェ……」

「それに第一会社ってさ、エゴイストの集団じゃないの⁉ 表面上では交誼と親和や協調を装っているが、内実は他人のことなどどうでもいい、自分だけがよけりゃいいといった風の、いや他人を蹴とばしてまで自分の権益を守り、損得勘定に秀《ひい》でて、他人との位置関係にたえず汲々としている輩《やから》の群れと集まりじゃないの。自由活発な意見を尊ぶと言っておきながら、何ものにも囚われない豁達な私見を披露しようものなら、周りは押し潰しにかかって人を雁字搦《がんじがら》めにしてきて、黙っていろとばかりに服従と屈辱を強いる不自由かつ不条理な世界じゃないの、そう思うな……。また形式的なもの、それは規則や習俗だが、それで縛ってしまって、人が身動き取れなくなっていても組織が秩序よく整っていりゃ、さも安泰だと暗に認め合い、そのため取るに足らぬような些末主義に終始して、そこかしこで悪臭紛々たる腐った臭いがたちこめているのを知りながらも、見て見ぬ振りをしている人間がごまんといて、しかもそんな去勢されたようなこせこせした人間ほど、俺はこれこれだけのことをあんたにしてやったのだから、それ相応のお返しを願い、もしそれがないと憎み、怨んで、立腹をする、言わば強制と束縛でもって、仲間意識を醸している俗悪さと卑屈さにまみれたいけすかない連中の群棲……。相俟って生活しているんだ、ちょっと位のちょろまかしは必要悪と踏んでいて、えてして破廉恥な行いを堂々とする心汚れた奴らの吹き溜りじゃないの。はたまた年がら年中他人を監視して、ちくりとあてこすりと揚げ足取りに終始し、猫を被り、ただ冷笑と軽蔑でもってしか自分を生かすことが出来なく、何ら生産的で創造性あるものは作り出すことが出来ないでいる、平均的なあまりにも凡庸な輩が犇めいていて、そいつらは恐ろしく事務的な能力だけは長《た》け、それを良しとするだけのつまらなさがある、ありすぎる……。俺はそんな柔軟性の欠けた、みみっちくて、俗悪で、汚《けが》らわしい所がいたく気にくわなくてね……」

「細川、そういう所もあるけれど、それぱかりじゃないと思うね。もっといい所も随分あって、見捨てたものじゃないよ、会社組織も……」

「うん、そう言うと思ったよ。おまえも同じ類だな、やはり……」

「ああ、仰せの通りだけれどねェ……」

私は思わず顔を猫のように拭っていた。

「そうやってにやけている所を見ると、おまえももう課長位になったな」

「……」

「やはりズバリか……。年も年だし、何らおかしくないが、おまえのことだ。相当威張っていそうだね。ちょっと横柄だなと思える位の図々しさから見ても……」

「ふふ……」

私は内心冷汗をかいた。

「馬鹿で単純な奴ほど自分の勝ち得た権力を振り回すからな、今までの屈辱と鬱憤を晴らすかのようにさ。なッ、そうだろ⁉」

「ああ、やはりいたらぬ所が多くてさ、御忠告を有り難く聞いておくよ。なるべく気をつけるようにしているのだけれどね……」

私は内心忸怩《じくじ》たるものがあった。部下に命令し、叱咤激励や難詰、憤怒、威嚇などなど知らず識《し》らずの内にやっている……。しかし言いたくもなる。服従を知らぬおまえみたいな人間が、なんで人に命令が出せるかと……。屈従の意を知らない男には、命令する資格もないのを言いたい所もあるにはある……。

「しかしさ、馬鹿な上司を持った部下ほどやりづらいものはないな、依怙贔屓《えこひいき》と不公平は屁とも思ってやいないし、また自分に胡麻を擂《す》ることを強要するし、それに逆えば簡単に擯斥《ひんせき》でしょ。これに屈辱を感じなけりゃ組織の中に残るだろうが、何か疑問に思ったり、不服を感じる人間なら外に出ていかざるを得ない……」

「そういうこともあるねェ……」

「チェッ!! 煮え切らないね。もっと堂々と己を張ってくれよ。いや待てよ、おまえさんはもう組織の主系統に入っちゃっているものな。だから自分に関する損得勘定は実に聡《さと》くなっていてさ、元々そこいら辺は打算的であったけれどさ、それにしても今はただ出世に邁進するだけの男になっているのじゃないのかい？

言わばげっぷの出るほどの実務家と見受けたがねェ……」

友の目がまたもや異様にぎらつき出した。

「しかしよくもズケズケと言ってくれるね。やはり細川らしいよ、これを聞くと懐しい位だ。前からいらいらするほどの毒舌家だったものな、おまえは……」

「ああ、言わないと損でしょ。腹の虫の居所が悪くなるばかりでさ。もっともこの歯に衣着せぬ言い様《よう》が災いして、随分と誤解されたり、曲解されるのはいつものことだったけれどさ……」

「うん、わかるよ、その点は……。強くないと押し通せないものな。そこいら辺は細川が羨しい位さ、己を出せてさ……」

「でもさ、村瀬は昔からバランス感覚が抜群だったじゃない。あんたのようなタイプの人間は食いっぱぐれはないんだよな、うん、これは自信をもって言えるね。生きる範囲が限定されているような俺と違って、おまえさんならどこへ行っても適応していけるものなァ……」

「そうせざるを得ないのさ、凡人は……。何とか己を生かそうとして、いろいろ工夫しなければ駄目なのだよ」

「そうあっさり肯定されると二の句も告げられやしないぜ、もっと餅のように腰の強い抵抗をしてくれないとさ……。でもよ、本当のことを言うと、他人をいろいろ言えるような立場にいる訳じゃないのさ、俺は……。自分のことでさえいい加減で、有耶無耶で、危なっかしいのに、なんで他人を批判したり、論断できるかね。これを思うと本当にお笑い草だよ、他人を侮蔑したり、嘲笑することを今や仕事中の仕事にしていてさ、それでもってたえず己自身を泡立たせている所があるからね。だってそうでもしないと、自分に何もないこと、言わばカラッポなのがわかって恐いからだよ。俺には何かある、必ず他人と違うものを持っていると自負していたのに、蓋を開けてみると、それがないということ、そんな実体を突き出されたとしたら、もうおっ死ぬしかないものな。そんなの淋しいことだよ、苦しいことだよ、やってられないね。だからもうわかるだろうけれどさ、本当は自分自身に向き合うのが恐いのさ、こう考えただけでもうエッヘッへへへだよ。これ以上は言わずもがなでしょ。俺って男はこんな所なんだよ、かい摘んで言うとさ……」

友が寂しげに俯いた。

私は以前すばらしい冴えを見せていたこの男の自信のない、弱々しい様《さま》が何とも不思議でならなかった。かつてはいつも堂々としていて、快活で、自信に溢れていたのだから。

友が面を上げた。

「ちょっと聞くけれどさ、村瀬が会社に入ったのも目的があったからでしょ？」

「うん、まあねェ……」

「例えば会社を大きくしてやるとか、トップに立つとかのような目標や夢があって、そうしたのでしょ？」

「う～ん、そういう所はあるにはあるけれどねェ……」

「相変わらず日本的な曖昧さを示すね、昔のように純粋に言い切れないのかよ!!」

「細川に言っちゃ悪いが、サラリーマンをしていると周りは敵だらけでしょ、おいそれと旗幟《きし》鮮明に己を打ち出せない所があるのだよ。一種の用心深さと言うか、と言ってもこれは弱虫の裏返しにすぎないが、周りの動向を冷静に見極めてから動くといったものが習性になってねェ。その辺りは君だってサラリーマンをやってたからわかるはずだぜ。いたずらに出れば必ず打たれる世界でしょうが、日本の場合は……」

「それは言えるね。でもさ、あんたみたいに立身出世を試みる人なら、それは誰でもやっていることだよね、賢明すぎる位に賢明な自己保身だよな。もっとも自己に汲々するあまりしがなく、はしたない面も出てくるけれどさ……」

「まあね」

「ふふ、所で俺にはその目的意識がてんで稀薄になっちゃったのさ、いつかしら……。やることなすことがみんな馬鹿馬鹿しくて、つまらなくて、面倒臭くなっちまったからな。空しくもあったな。どうせそんなことをしたって所詮は名声のためじゃないかとか、立身出世のためのコース取りじゃないかとか、いい女や金が欲しいためじゃないかといった類の雑物が出てきて、俺を悩ませたんだ。それが未だにあるよ。積極的に出ようとすると、待て、何をしたってつまらんぞと言って足を引っ張ってくるようなものがさ。だからかな、これだけは絶対に他人に譲らない自信がある、いや決して負けない、見劣りゃしないといった性質のものが全然なくなっちゃっていてさ、ただ日々悶々としながら、いたずらに生きているだけの状態にいるんだよ。それがずっと続いているんだ、苟生《こうせい》そのものさ。こんなことだから今だもって、自分は本当に何をしたいのかもわからないでいる始末なのさ、誰かが言ったたな、三十五歳までにある程度身を固めておかないと、人生は浮ついてしまうぞと……。俺もそれがよくわかるよ。この年になると……。今のままじゃ、ただのぐうたらだものな。所詮は社会の浮遊分子でしかなく、酔生夢死《すいせいむし》で終るタイプだものな。こんなタイプの人間、即ちただの凡人にすぎないのに、自分は決してそうではないと思い続けている人間が、世の中にはうじゃうじゃいるでしょ。自分の能力も価値もわからずにいたずらに悶々としていて、気位《きぐらい》だけは手の付けられない位に滅法高い馬鹿どもが、世間には見渡す限りいるでしょ。その中の一人なのだよ、俺は……。そんな人間はルサンチマンだらけだけに世間を斜めに見ていて、人が何かヘマをしたり、あやまちを犯すと、ここぞとばかりに非難したり、馬鹿にしたり、憎悪立腹したりと、そんなことは神速《じんそく》で、人一倍強く……しかしそんな鼻持ちならぬ連中ほど、自分が頼りないだけに、何かに縋りたくなるのだよな。その対象物が何であれだが、それに縋り、祈り、願いをかけ、自分の夢の代償をさせるようなさ。例えば野球であろうが、サッカーであろうが、酒や女であろうが、音楽であろうが、何でもいい、いい加減で、中途半端で、出鱈目で、感傷的で、不細工で、無様な自分を無条件に興奮発熱させてくれたり、己を一瞬たりとも忘れさせてくれるものに熱中したり、崇拝するのさ。それは一種の宗教なんだよ。掛け値なしにそう思うよ。これが俺の場合は、酒と競馬だったけれどね、へへへ……。またこんな奴らは、勿論俺自身も含めてだが、面白い位みんな、同じような気質を示すんだぜ。即ちお人好しで、同情家であって、感激しやすくて、優しく、ある程度協調性がありと……。と同時に恐ろしく卑屈で、疑い深くて、不機嫌で、小ずるくてと、加えて一人で生きてゆけないのを本能的に知るだけに、他人を頼っている甘ったれた所があってと……。しかしそんな自分をわかっているだけに、ちょっとは己に重みを付けようとして苦虫を噛み潰したような顔をしてみたり、一生懸命そっぽを向いたり、時に怒ったり泣いたりと、しょっちゅう演技しているんだよな。そんな奴らって、大体何になるかわかるでしょ、ねッ⁉ 本当に自家薬籠《やくろう》中のものさ、即ち不平不満家、悪態付き屋、気難し屋、憂鬱屋といった所であって、他人に迷惑をかけることで自分の存在を確めているような所がある、とてもさもしい奴らなんだよ。そんな脆弱な体質しか持ち合わせていないから、とにかく自分自身を一生懸命胡魔化そうとし、孤独になることを何よりも恐れるんだよな。そりゃそうでしょ!! そんな人間にとって孤独は汲み尽すことのない毒でしかないものな。もしそうなったら塩をふられたナメクジですよ。すぐ自分自身が失くなっちまうものな。だからこそ己自身を確めたいあまり、誰彼構わず咬み付く狂犬になって、無条件に他人を傷つけ、もとより自分自身も傷つけて、たえず癒せぬ傷を持つことでなんとなく安心している所がある……。ああ、もういい、やめようこんな話ばかりじゃ疲れるものな」

友は突然口を噤んだ。だがややあって、ふたたびあの燃えるような目で見てきて言う。

「ねえ、こんな俺をどう思うね⁉」

私は何も言えなかった。何かしら自分の生きている領域とちょっとずれた所でなされていることがよくわからなく、おいそれと口に出せなかったのだ。また言えば必ずとんちんかんなことを言いそうなこともあって黙っていると、細川が自問自答気味に言い出したのである。

「やはり頓馬《とんま》と見栄っ張りって所でしょ、うん、そうに決まっているさ。話は変わるけれど、俺がさっきスナックの店先で揉めていたでしょ⁉」

「ああ、まさか、あんたが喧嘩しているとはついぞ思わなかったから、びっくりしたよ」

「あんなことしか出来ないんだよ、俺ってさ、だから笑いたけりゃ笑ってもいいんだぜ。いや出来ることなら、こんな自分を笑い飛ばしてもらいたい位だよ」

「何もそこまで自虐的になることもあるまいと思うがね」

「自虐的!?　ふん、さもありなんだな。しかしどう思われようといたし方ないって所か……」

友は寂しそうに笑って面を伏せたが、ふとあげた際に目が合うと、ふっくらと笑い、ぽつりと投げ出してきた。

「ふふ、笑っちゃうよな、もっと上手にやればいいのにさ。なるべく相手に嫌われるように、見るのも嫌だと思われるように、俗悪なまでに嫌味たっぷりなことをやらざるを得ないんだよ、この俺って。性格的にそうなのさ……」

「どういうことだか、よくわからないよ」

「あの時、扉口に凄い美人が立っていたろう。異様なまでに目を爛々と輝やかせてさ、あの喧嘩も実はあの女と訣別するためにしたのさ、それも一人よがりで、下手糞で、卑屈で、いつまでも未練たらたらに恋着しているばかりの自分を断ち切るために、精一杯の演技をしたのだよ……」

細川の言っていることがよくわからず、私は目をぱちくりさせるばかりだった。

「そのくせ一日か二日経つと、もっと彼女に執着している自分も知っているのさ。アクションが大きければ大きいほど、そのショックも大となるようにさ……。でももう、これが最後だと思っている。彼女にはさんざん迷惑をかけたしな、三秋の思いもこれで幕引きよ、へへへ……」

その苦痛と悲嘆に眩《く》れたような顔は見るに耐えず、私は目を伏せた。

「なあ、村瀬。ここいら辺で俺の恋の顚末を話そうか？　他人のべたべたした甘ったるい話を聞きたくないのなら、やめるけれどさ。何、話せって!?　本当にいいの、話しても？　そうかい、それじゃ甘えさせてもらって、一端を話すか!!

でもちょっと照れるな、ふふ……。またここでも自分自身の照明具合を見ようとしているのか、チェッ!!　いつまでたっても蒙古斑の消えない男だな!!　まッ、いいや、この際だ、清水《きよみず》の舞台から飛び下りたつもりで、あけすけに話そう!!

御免よ、俺ってさ、この頃とくに前おきが長くなってね。悠揚《ゆうよう》迫らぬ昔の大貴族のように、と言ってもイメージとして、そう思い込んでいるのだけれど、どんと構えられなくなっていてね。いつもくよくよおろおろしているから、そんな自分が嫌いで、とにかく自分が何か確固として信じられるもの、それは何でもよいのだが、勿論それが自分自身であればもってこいなのだが、そんなものが全然なくてね……。高校生の頃から何となく自分自身に信用出来なくなって以来、たえず動揺振幅を繰り返していて、それが未だに納まらない始末なんだよ。もうすぐ不惑ですよ。惑わず自立していなければならない年なのに、未だにあっちふらふらこっちふらふらなのだよ。生活安定している君と違って、こちとらはまだ身が不安定だものな。言わなくてもわかっているだろうが、俺はまだ定職に就いていないんだよ。また薄汚れた生活臭を嫌って、今もって一人身だしね……。こんなのを自慢している訳じゃないが、その日暮らしをしてからかれこれ十年位なるかな、その最初の頃に、ここに居ついたんだよ。身を持て余してぷらぷらしていた時、ふと立ち寄った所に彼女がいたって訳さ。当時の彼女は二十位で、それはそれはかわいかったよ。まるで人形さんみたいに肌が白くて、肌理《きめ》が細かくて、頭が良くて、気が利いて、奥床しくて、品がありと、そんな形容詞がすべてピタリとするほどであって、彼女と接すると、誰もが一遍に惚れてしまってさ、俺も例外ではなかったのさ。しかも彼女が特にこの俺に目をかけてくれているような気がしたのさ。はは〜ん、自惚《うぬぼ》れているなって顔だな。でも男と女の出会い付き合いなんて、言葉では伝えにくいものがあるでしょ。言わばその目配りに——目線の熱い絡み合い、気のある人懐っこい眼差しに、ふと避けて知らん振りをする固い仕草、えも言われぬ幸福そうな自信ある態度や、特別に親切で気を持たせるばかりの物腰に、歓喜に溢れた品のよい、実にすっきりした穏やかな顔などなど、そんな肉体の言葉に、恋の符牒みたいなものがあるじゃないの。勿論優しい言葉がそれらに伴えば、確実性は更に増す訳なのだが、そういったものをいくたびか積み重ねていくと、本物の恋愛にいつしか移行しているようなさ、へへへ……、ちょっと真面目に聞いてくれよ」

「聞いているよ」

「そうか、すまん、でもさ、俺は当時も相当悩んだものだったな、本当にこれでいいのだろうかと……。だって彼女に惚れていたから、彼女に己を託したいと思う反面、自分の身の上を考えると、何もかもがすべてマイナスに見えてきてしょうがなかったからさ。……その社会的身分のなさに、つまりは日雇い労働者ではね、いくら何でも自信をもって己を張れないんだよ。それに彼女を引っ張っていくだけの男としての矜持もない……。実家だって資産がある訳じゃなく貧乏だし、いろいろ考えてゆくほどに相手を説き伏せるだけの具体的かつ現実的な条件の皆無に自分自身が呆れ返ってね。これじゃいくら彼女に惚れたといっても、所詮は絵に描いた餅だと思ったよ。だってそうでしょ!! 身も安定していないんだよ。今でもそうだが、何をしたらよいのかわからずにいて、日々のらくらしているんだぜ。それも不機嫌に、憂鬱に、苛立つことが多く、そんな自分自身が嫌で嫌でたまらないし、加えてこのままいけばいよいよ愚物に、ますます潰しの利かない偏屈屋になっていく虞れのある自分自身を、からっきし信用していない貧しい状態にあるのに、なんで余裕たっぷりに恋愛に熱を上げられるんだよ。無理だよ、そんなの……。それでもし熱を上げて入れ込んでいたとしたら、女の人に失礼だと思う気持もあって、今一つ熱心になれなかったね。何となく躊躇して見てしまうのだよ。もっと冷静になれという具合にさ……。いや本音は彼女が誰かとすぐにでも結婚してくれと願ったほどさ、そうなれば諦められると思ったからね。そのくせ俺にはこの女しかいないという想いが脈々とあって、断ち切れなくてね、辛かったよ、苦々しかったよ、自分を捨ててしまいたいほどに……。本当に支離滅裂な位に自分が分裂していて、矛盾だらけなんだものな。これも俺にはまだ何かやり残しているような思い、即ちこのまま無様に死んでたまるかといった類《たぐ》いの無類の勇猛心もあって、自分をなかなか諦め切れずにいたからね。だから我が身を思えば思うほどしっちゃかめっちゃかになり、自分を破壊して清々してしまいたいという想いが出てきてしょうがなかったよ。それでいていつまでも何もしないでいる為体《ていたらく》さにあり……こんな状態では良いはずもなく、このままお互いがずるずると生を引きずっていってはいけないと思うや――だってこのままではお互いがいたずらに年を食うばかりだったし、何かよくわからない煮え切らない関係を続けていくことは、絶対にまずいからね――我が身を切る思いで彼女に別れを告げたのさ。馬鹿な奴だと思うでしょ。自分勝手な一人よがりだと思うでしょ。うん、自分でもそう思っているよ、強くね。でも仕方ないのさ、これが自分の性なんだから……。そりゃ俺だって、彼女に会う前は他の女に非常にかわいがられていたものだったけれど、どの女もどの女も今一だったな。肉体的な眩惑に振り回されている内はいいが、その内なんとなく飽き足らなくなっちまうんだよ。女の欠点や粗が見えだしてくると、どうにもこうにも耐えられなくなって、ぷいと何も言わずに別れちまったのさ。そんな女性をただ利用しているだけじゃないのかと思うと、辛くなった所もあるんだ。自分の狡さやしたたかさが、象大《ぞうだい》にふくれて見えてくるからね。だからこそ、自分と似ても似つかない高貴なもの、神聖なもの、至尊なものに憧れ、求めて、年がら年中さ迷い、うろついていたものさ、彼女と出会うまではね。所が君も知っての通りになった、へへへ……。本当にどうしようもない道化者なんだよ、俺って……。こんなどこにでもいる何をするにも二番煎じの男なんて、世の中から消えてしまえばいいんだよな。うん、そう思うよ。だって何ら個性がないものな、他人と違うもの、もっと大きく言えば前代未聞な位に才能煌く特異なもの、追随を許さぬ独自なものがからっきしないものな。日々に下手糞に悩んで、苦しんで、焦って、不安がって、不平不満や私憤は腹一杯かかえていて、しかし何もせずにのんべんだらりとしているだけの阿呆なんだから……。自分を表現出来る術《すべ》は所詮、偉人や英雄や高貴な人や聖人の言動でもってしか出来ず、時代の表面に出たくても決して出られやしない、常に下波のような、幾億幾兆とあるうねりや盛り上がりや騒々しさの中でしか己を確認出来ない、そんな所が自分の納まり所だけに、結局は他人に軽くしか扱われないような、あまりにも貧弱でさもしい一束いくらの者——こういった喜劇的な類なんだよ。俺ってさ……」

「話を聞いていると、何か疲れるね」

「そうかい、じゃやめようぜ、自分自身に人並み以上に関心のある男のしまらない告白なんて、つまらないものな」

「それはわからないよ、でも一体全体彼女と何があってあんなことをしたんだい？　その肝心要なものが見えてこないんだよ」

友が強い目で見てきた。憤怒の詰った、挑戦的な目だったが、ぷいと横を向き、不貞不貞《ふてぶて》しく言った。

「それは言わずもがなにしておくさ、御随意に推量して下さい。でもただ一つだけ言っておくと、彼女の母親が俺は嫌いなんだよ。ある時、その老婆に呼び出されて行くと、いきなり警察官に連行させられかけたことがあるんだ、理由は娘に絡み付くとのことで……。その時あの女も黙然《もくねん》としていたものだった。それがあって、いやそれ以前にもいろいろありすぎた所もあるが、深く傷つき、むやみに疲れてしまい、もうこれ以上は後腐れがないように最後的な盲動に出たという訳さ……。それより今何時？　えッ、もう十時!!　やばいな。俺はこれから行かなくちゃならない所があるんだよ。村瀬、これで失敬するよ。それにもう会えないでしょう」

「どうして⁉」

「明朝東南アジアへ行くのだよ」

「本当⁉」

「うん、前々から決めていたんだ。別の生き方をしたくなったんでね。もうこれ以上自分自身にうじゃうじゃしていたくないんだな。御馳走してくれて有り難う。もし万一あの店に行くことがあったら、俺がよろしくと言っていたと言ってくれ!!　これで日本ともおさらばだ。さよなら!!」

「待てよ、まだ……」

私は急いで勘定をすませて外に出たが、彼の姿はどこにも見当らなく、暗闇だけが広がっていた……。

著者プロフィール
板東 浜矢（ばんどう はまや）
1947年（昭和22）生

幕間　ネクタイ　憂鬱屋

2004年8月15日　初版第1刷発行

著　者　板東 浜矢
発行者　瓜谷 綱延
発行所　株式会社文芸社
〒160-0022　東京都新宿区新宿1－10－1
電話　03-5369-3060（編集）
03-5369-2299（販売）

印刷所　神谷印刷株式会社

ISBN4-8355-7839-2 C0093